王家大院楹联匾额集

秦彩焰 主编

山西出版传媒集团

三晋出版社

《王家大院丛书》编委会

顾　　问　仇晓风　温述光　张佰仟　王儒杰
　　　　　杨迎光　王铁喜
主　　任　韩　军　陈　昉
副 主 任　孙俊杰　史一然
执行主任　秦彩焰
委　　员　（以姓氏笔画为序）
　　　　　王俊才　王铁喜　王海琴　王儒杰
　　　　　仇晓风　尹雄卓　史一然　任虹霞
　　　　　刘计亮　孙俊杰　杨迎光　吴秀敏
　　　　　宋旭辉　张　剑　张佰仟　张建林
　　　　　郑建华　秦彩焰　温述光　蔺俊鹏
　　　　　燕　俊

《王家大院楹联匾额集》编辑部

主　　编　秦彩焰
副 主 编　郑建华
编　　辑　（以姓氏笔画为序）
　　　　　王铁喜　王海琴　仇晓风　杨迎光
　　　　　张佰仟　张建林　温述光
摄　　影　吴秀敏
拓　　片　蔺俊鹏
美　　编　赵长发

序

秦彩焰

中国古建筑很讲究运用诗书画等文化小品来装饰，既是为了托物抒情、明志寄意，又是为了点染美化建筑的内外环境。王家大院作为昔日晋商豪门望族之居所，留下了大量文人墨迹，或刻于门，或镌于墙，或书于木，或悬于堂。这些蕴含着浓厚书香气息的楹联匾额装饰品，妙在小中见大，虚中有实，构建出了无限的精神天地，是鉴赏王家大院民居古建筑文物的一个重要切入点，对王家大院建筑艺术起到"画龙点睛"的作用，是王家大院不可或缺的文化艺术珍品，深受四海游客的喜爱。

《王家大院楹联匾额集》一书，汇集了王家大院、静升文庙、资寿寺三处全国重点文物保护单位现存的295副楹联369帧匾额，它们异彩纷呈，雅俗共赏，内涵厚重，意味深长，无论木刻、石刻、砖刻，皆片言居要之字。这里，除有傅山、刘墉、郑板桥、翁方纲、铁保、祁寯藻、左宗棠等清代名家的手笔外，还有很多虽未署名，却同样精彩，受到游人注目的佳品。这些楹联，或连带一个典故，或阐明一个哲理，或写出一片心境，非但有所教益，且"求工于一笔之内，寄情于点画之间"，其真草隶篆之造诣，也很值得人们品读品味品评一番。"静以修身俭以养性，入则笃行出则友贤"；"万丈虹文辉斗极，九天鹏翼展春云"；"簏簌风敲三径竹，玲珑月照一床书"；"河山对平远，图史散纵横"；"束身以圭观物以镜，种德若树养心若鱼"；"径无凡草惟生竹，气似灵犀可辟尘"；"青灯一盏文章铺锦绣，墨稿千行史册纪风云"……这些楹联从自然、社会中感悟到人生真谛、宇宙隐语以及内心的情思，借助高言妙句的物态化，感性地呈现在游人面前。"寅宾""视履""恒贞""映奎""探酉""汲古""师吾俭""山林野趣"等众多匾额，则又是高雅的文化导向，传递着既定的意境气息，引导游人进入无限的艺术天地，使有限的形态获得了无限的表现力。这些琳琅满目的联匾，也会让您叹为观止。

王家大院景区有一帧"息游藏修"匾额，典出《礼记·乐记》："君子之于学也，藏焉、修焉、息焉、游焉。"郑玄注曰："藏，谓怀抱之；修，习也；息，谓作劳休止于之息；游，谓闲暇无事于之游。"意思是君子胸中常常想着学习，连休息闲暇无事也在学习。品赏楹联匾额就是"游焉"时高雅的文化活动，它能给您美好的享受和情操陶冶，也能让您从中获得丰富的文化知识。本书是您走近王家大院、静升文庙和资寿寺三处人文胜景的必读佳品。

古人云："横看成岭侧成峰，远近高低各不同。"说的是观察角度不同，所看的风景也大异其趣。从某种意义上说，众多的游人对王家大院景区的众多联匾自有其众多的理解，而独运匠心的温述光、仇晓风等老师，以其深厚的国学修养和文字功底解读王家大院景区的楹联匾额，使这些文化小品释放出了独特的气韵和性情，从而更加丰富了王家大院景区与灵石的人文积淀。

林林总总、万语千言道不完王家大院楹联匾额的妙句深涵，谨希望本书能为广大读者带来充分的精神享受，并以此更好地推动王家大院景区乃至整个灵石县的全域旅游事业发展。

是为序。

二〇二二年七月

*作者系灵石县文化和旅游开发服务中心主任、灵石县王家大院景区事务中心主任

目　录

「楹联诠释」

楹联是中华民族的瑰宝，既托物抒情、明志寄意，又点染美化了建筑的内外环境。楹联在王家大院景区占有很重要的地位。

其对仗工整，论点准确，引经据典，语不空泛，逻辑性强，富有一定的哲理性。既有浓厚的思想感情，又有一定的艺术观赏价值，融实用、观赏、审美于一体，堪称景区文化一绝。

视履堡建筑群楹联

第一节　古旧楹联

河山对平远

图史散纵横

【位置】

　　桂馨书院东月亮门

【注释】

　　此联出自司马光《寄题张著作（张中理）善颂堂》一诗，原句为"江山对平远，图史散纵横"。张中理曾任"著作"之职，故人称张著作，他当时居住在江原皈祥院附近的善颂堂，善颂堂位处岷江上游，属山地、丘陵、平原兼有的地貌，故有"江山对平远"之说。本联借用司马光的诗句，上联将"江山对平远"改为"河山对平远"，是为了契合王家大院所处的自然环境；下联是说大院内藏书很多，充满着浓厚的书香气息。　　　（此联由杨迎光注释）

东壁图书府
西园翰墨林

【位置】

馆藏

【注释】

此联出自唐代张说《恩赐丽正殿书院赐宴应制得林字》首联。原诗赞颂皇家藏书丰富，文人荟萃。后人常用作书院对联。

东壁：二十八宿中之两星。《晋书·天文志》："东壁二星主文章，天下图书之秘府也。"故以东壁称藏书之所。

西园：汉上林苑，或指曹操所建西园，因曹氏父子为建安文学的主要领袖人物。

翰墨林：笔墨林，比喻文章汇集之地，犹今日之文坛。

上联：主文章盛衰的东壁二星，其光辉照耀着图书秘府，将有文士出现。

下联：西园文坛，文笔辉煌出众，汇集奇诗佳文，佳子弟挥毫染翰，非同一般。

大道母群物
广厦构众才

【位置】

馆藏

【注释】

大道：正道、常理，指最高的治世原则，包括伦理纲常。

母：哺育，抚养。

广厦：高大的房屋。

上联：大道母群物，出自唐孟郊《大隐坊·赵记室俶在职无事》诗，原句为"大道母群物，达人腹众才"。意思是正道像母亲一样抚养和包容天下万物，胸怀宽广的豁达之人，胸中可以容纳各种各样的人才。正道和常理教育抚养着人类及万物。

下联：语出西晋潘尼《赠侍御史王元贶(kuàng)诗》原句为："昆山积琼玉，大厦构众才。"意思是说昆山是各种优质玉石聚集的地方，房屋是用众多优质的建筑材料构建而成的。比喻兴办大事，需要各种各样优秀的人才。

写书竹简拈鲜碧
临帖藤笺拓硬黄

【款识】

　　阮邻　徐保字

【位置】

　　敬业堂养正书塾南房

【注释】

　　作者：徐保字，字阮邻，浙江归安（今浙江湖州）人。清道光间任宁夏平罗县知县，著有《平罗纪略》，精诗文书画。

　　竹简：古人用以记事的竹片。

　　鲜碧：形容竹子修长美好。左思《吴都赋》："其竹则……檀栾婵娟，玉润碧鲜。"

　　拈：持，捉，拿。如拈毫弄管。

　　临帖：照着名家字帖练习写字。

藤笺：藤，可以造纸。这里代指纸。笺，原本指狭条形的小竹片，这里引申为精美的纸片。

拓，摹写，影摹。唐张怀瓘《书断·购兰亭序》："帝命供奉拓书人赵模、韩道政、冯承素、诸葛贞等四人，各拓数本，以赐皇子、诸王近臣。"

硬黄：纸名。以黄檗和蜡涂染，质坚韧而莹彻透明，便于法帖墨迹的响拓双钩。响拓，古人书画墨迹，因年代久远，纸色沉暗，复制时将古字画贴在窗户上，用白纸覆在上面，就明处勾勒出原字笔画，再以浓墨填充，叫响拓。硬黄因色黄利于久藏而多用以抄写佛经。宋赵希鹄《洞天清泉集·古翰墨真迹辨》："硬黄纸，唐人用以书经，染以黄檗，取其辟蠹，以其纸加浆，泽莹而滑，故善书者多取以作字。"清朱彝尊《送吴濩入太原》诗："暇日经过烦问讯，硬黄曾拓石经无？"

上联：提笔在玉润碧鲜的竹简上写字，显示文人士大夫挥毫染翰儒雅风度。

下联：用精美的藤笺、硬黄纸临摹与拓写古人笔迹，表现古色古香韵味。

簏簌风敲三径竹
玲珑月照一床书

【位置】

桂馨书院西月亮门

【注释】

簏簌：下垂貌。

三径：指家园。西汉末，王莽专权，兖州刺史蒋诩告病辞官，隐居乡里，于院中辟三径，惟与求仲、羊仲来往。后常以三径指家园或隐居处。

玲珑：原意为玉声，清越的声音。这里指明澈貌。

一床书：指床榻上堆满书籍。

上联：书院翠竹经微风吹动，竹梢下垂，飒飒作响，显示低头虚心之君子风度。

下联：明澈的月亮，映照着堆放在床上的书卷，使屋内充满书香。

守东平王格言 不外为善两字
遵司马公家训 只在积德一端

【位置】

乐善堂倒坐南厅

【注释】

东平王：指东平宪王刘苍。苍，东汉光武帝第六子，其兄明帝刘庄，对苍十分厚爱，一日问苍曰："处家何等最乐？"苍答："为善最乐。"

格言：含有教育意义，可成为准则的言语。《三国志·魏书·崔琰传》："盖闻盘于游田，《书》之所戒；鲁隐观鱼，《春秋》讥之。此周孔之格言，二经之明义。"

司马公：即司马光，字君实，北宋陕州夏县（现山西夏县）人，进士出身。死谥文正，追封温国公。著述甚多，主编《资治通鉴》。

家训：司马光所写传世家训《训俭示康》。

积德：积累的仁政或善行，或指德行高尚的人。《尚书·盘庚上》："汝克黜乃心，施实德于民，至于婚友，丕乃敢大言汝有积德。"

上联：恪守东平王的格言，警示子孙要多行善事。

下联：遵守司马光的家训，关键是要注重个人品德修养，并且多积私德。

（以上由仇晓风注释）

搜尽奇峰打草稿
摘来红叶补烟霞

【款识】

　　书为汾左年兄　　板桥郑燮

【位置】

　　馆藏

【注释】

　　作者：郑板桥（1693—1765），名燮，字克柔，号板桥，清书画家，文学家，江苏兴化人，"扬州八怪"之一；以草书中竖长撇法运笔入画，风格劲峭，书法用隶书掺入行楷，自称"六分半书"。

　　书为汾左年兄：指明对联专为汾左题写。汾左指静升王氏十七世孙王如玉（1732—1773），字璞园，号岚溪，又号汾左；以贡生拣发贵州试用副使道，署理贵西兵备道，后特迁四川军营委用。清乾隆三十八年（1773）小金川之役阵亡，奉旨赠太仆寺卿，谥壮节，入祀昭

忠祠，次年奉旨建恤典坊于祖茔王氏佳城。著有《岚溪诗钞》。朱文震为该诗钞撰写的《序》中，介绍他与李客山、郑板桥、李眉山、顾瀚陆、鲍步江、祝荔亭等名人雅士交好，"座上常开北海之尊，接引名流递相唱和。"

奇峰：奇异的山峰，可作为绘画创作的素材。

烟霞：烟雾云霞；山水，山林。

上联：以代表不同地区的奇异的山峰写生打草稿，作为创作题材。此句出自石涛《画语录》，要求画家面向大自然，以自然为师，把奇峰搜尽装入腹中，练好绘画基本功。这是从"实"出发。

下联：把红叶当作彩霞，摘来弥补山色之不足，为奇峰增添光辉。此句为郑板桥自撰，言创作要来自现实，又高于现实，实中有虚，虚中有实，虚实并举，攀登艺术高峰。

这副对联盛赞王如玉的诗作构思精巧、描写生动、意境深远。郑板桥巧借石涛之句，使两个奇人的诗句巧妙结合，同时板桥绘画又受石涛之影响，可以说是一副人对人、诗对诗、事对事、景对景，对仗极工的艺术对联。

束身以圭 观物以镜
种德若树 养心若鱼

【款识】

铁　保

【位置】

桂馨书院南敞厅

【注释】

作者：铁保（1752—1824），字冶亭，号梅庵、不系舟主人。善文学，工书法，与成亲王、刘墉、翁方纲并称清乾隆时四大书法家。

束身：约束自己的身心，谨守节操。

圭：圭有多重含义，一是指古代科学家发明的度量日影长度的一种天文仪器，即圭表，引申为标准、法度，如"奉为圭臬（niè）"就是把某些人或事当作行为准则的意思。二是指古代的一个重量单位，10圭重1铢，24铢为1两，16两重1斤。为此，1圭只等于1斤的1/3840。有一个成语叫"锱铢必较"，意思是对很小的事情都斤斤计较，而1圭却只有1铢的十分之一。

镜：铜镜，引申为客观反映事物。《淮南子·齐俗》："抱大圣之心，以镜万物之情。"

种德：布德，施恩惠。《尚书·大禹谟》："皋陶迈种德，德乃降，黎民怀之。"

树：培养造就人才。《管子·权修》："一年之计，莫如树谷；十年之计，莫如树木；终身之计，莫如树人。"

养心：修养心神。《孟子·尽心下》："养心，莫善于寡欲。"

鱼：鱼梵，敲木鱼或诵经念佛之声，意为静心修养。广义讲，鱼在中国文化中占有重要地位。佛家称鱼坚固活泼，解脱坏劫；"悬鱼"示清廉；"鱼跃龙门"示鱼龙变化，腾达升迁。鱼与生死神变、通灵善化都有联系，都在养心的范畴之内。

上联：用很高、很细密、很严格的标准检视自己的行为，约束自己的身心，不允许有微小的差错。以圣洁公正之心，客观看待世间万物，不因亲疏远近和个人好恶而戴着有色眼镜观察事物。

下联：树人如树木，布施恩德，培养造就人才，是终身之计，不可忽视。修养心神，要善于寡欲，不贪婪，静心修养，无为而为，自然会

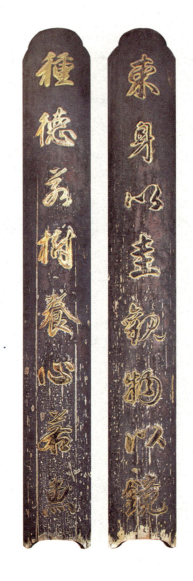

有收获。

纬武经文 勋业偕绵峰而永峙

敦诗说礼 儒行并汾水以长清

【款识】

　　南张　张树德敬书

【位置】

　　乐善堂前院正厅

【注释】

　　纬武经文：亦作文经武纬。经纬，编织物的纵线与横线。这里将武事比作纬线，文事比作经线，是说文经武纬都很出色，互相交织，不可分割。唐颜真卿《郭公庙碑铭》："文经武纬，训徒陟空。"

　　勋业：功业。《三国志·魏书·傅嘏传》："子志大其量，而勋业难为也。"

　　永峙：永远并立。峙，并立。《云笈七签》："昔黄帝游观六合，后造神灵，见东中西北四岳，并有佐命之山，惟衡山峙立无辅。"

　　敦诗说礼：敦说（yuè），亦作敦悦、敦阅，是说尊敬爱好。语出《左传·僖公二十七年》："赵衰曰：'郤縠可。臣亟闻其言矣，说《礼》《乐》而敦《诗》《书》。'"

　　儒行：儒家的道德规范或行为准则。《礼记·儒行》："哀公曰：'敢问儒行？'"南朝梁刘峻《辨命论》："璠则关西孔子，通涉六经，循循善诱，服膺儒行。"

　　长清：长绿，永不衰败，永存。

上联：能文尚武，其功业可与绵峰永远并存。

下联：笃信与爱好《诗》《礼》，儒家的道德规范与汾水一样长清。

全联称赞王家人能文能武，敦诗说礼，并祝愿王家功业永续，家风长清。

（以上由仇晓风、杨迎光注释）

染成绿萼初华 好觉暗香入室
偶得古人精册 较胜春风在庭

【位置】

敬业堂养正书塾北房

【注释】

染：此处谓绘画时着色落墨。

绿萼：绿萼梅，此处泛指梅花。

初华：花之刚开放者。

暗香：梅花花香。北宋诗人林和靖有诗句"疏影横斜水清浅，暗香浮动月黄昏"。

精册：好书。

上联：刚开的梅花似染上一层淡绿，感觉脉脉的清香已浸入居室。

下联：偶然得到古人精美的卷册，读之胜于在庭院沐浴温暖的春风。

此联化用明末清初著名画家王鉴联"染成绿萼初华，好觉暗香入画；偶得古人精册，较胜春月在庭"。联中改"暗香入画"为"暗香入室"及"春月在庭"为"春风在庭"两处，以显王家大院居室的文雅和庭院春风的和悦。

（此联由王铁喜注释）

第二节　撰补楹联

运笔效燕舞
行文赏花开

【位置】

桂馨书院叠翠轩精舍

【注释】

上联：书法运笔效法燕子飞翔的姿态，会使笔法收放自如。

下联：欣赏园中的花卉次第开放，会启发人们把文章写得井井有条。

纪先泽北土存厚
迎紫气东风有情

【位置】

观日阁北翼

【注释】

纪：纪念，记载，思念不忘。

先泽：先人之恩泽恩惠。

北土：特指王家大院紧连的有其祖坟之北山。

存厚：储积深厚。此处指先祖恩泽深厚。

紫气：祥瑞之气。传说老子将过函谷关，

关令尹喜登楼，见紫气自东而来，知有圣人经过，后果见老子前来。后人因以"紫气东来"表示祥瑞。杜甫《秋兴》诗："西望瑶池降王母，东来紫气满函关。"

此联因建筑所处位置坐西向东，其左又接近上北山王氏祖坟之坡道而作。

全联意为：北山厚土记存着先祖的恩德恩泽；迎面东风送来了深情的祥瑞之气。

人心不古物如故
天若有晴山更青

【位置】

观日阁南翼

【注释】

人心不古：言世风浇薄，今人之心地不如古人真挚淳朴。

物：存天地间之万物。此处特指王家大院本身。

山更青：山专指绵山，因该联所在位置面对绵山，天晴时青青山体，清晰可见。

上联：今人之心地虽不及古人淳朴，但古老的王家大院依然像以前一样存在。

下联：倘若能有真正的晴天丽日，则面前的绵山就会更明净而显得越发青翠。

青灯一盏 文章铺锦绣
墨稿千行 史册纪风云

【位置】

乐善堂三元书馆书房

【注释】

青灯：指昔日油灯。昔日青灯与黄绢组合，指清苦的攻读生活。

锦绣：本谓有彩色花纹之纺织品和刺绣物，此处指文章华美。

风云：比喻世事世情乃至地理自然之变化变迁变革等。是成语"风起云涌""风云变幻"和"风流云散"之概括和简约表达。

此联言文人之苦乐。在昏暗的一豆灯光之下，或撰写文章，或吟诗赋词，力求文采焕发，记载着历史人文之变。

徽造化 孝祖先 飞鹏起凤
枕丘山 面溪水 卧虎藏龙

【位置】

敬业堂后院正窑廊

【注释】

徽：尊请，招引和叩受之意。

造化：谓天，创造化育之意。另为俗语所说之福气。

鹏：旧称鸟中之最大者，以此比喻人之远走高飞，前程远大。

凤：旧时为吉祥鸟、瑞鸟，相传为禽类之长，雄者为凤，雌者为凰。

丘山：即山丘，土山。

上联：王家人由于敬重上天，不忘其创造化育之恩，而致鹏飞凤起，或驰骋于商海仕途，或劳作于丰盈善乐。

下联：王家大院头枕黄土高坡，面对清清溪流，在此风水宝地中藏龙卧虎，自还有更多人才会脱颖而出。

追旧德 为善最乐济乡里
修先业 养德流芳襄士农

【位置】

敬业堂之祭祖堂

【注释】

旧德：先辈之德。

为善最乐：中华传统美德，乐于行善。

乡里：古时五家为邻，五邻为里。乡里谓所居之乡邑。

先业：先辈之业绩。

襄：相助、帮助。

此联意在训诫子孙，要修先祖之德，要继先祖之业，要善行乡里，助读助耕。唯此，才会德高望重，才会流芳百世，才会事业有成。

为富心寓善 汇九州生气
处穷志独高 驱十里恶风

【位置】

视履堡东门广场品字房东

【注释】

寓：寄托。

九州：泛指全国。传说中的我国上古地理区域，九州为冀州、兖州、青州、徐州、

扬州、荆州、豫州、梁州、雍州。见《尚书·禹贡》。

生气：指万物之生长发育，兴盛而不朽。

上联：富有时，应胸怀天下万类，多行善事。

下联：贫穷时，应心志高远，不染邪恶之风。

静观苍天　感百代云散星聚
寻味造化　吟四时雁归燕来

【位置】

乐善堂后院正窑廊

【注释】

上联：审度日月星辰之永恒，感慨风云变化之无常。

下联：思考天地自然之四时，叹息凉热兴衰之规律。

袭荫先祖　须立志立身立德
造福子孙　在勤学勤俭勤劳

【位置】

乐善堂始祖阁

【注释】

全联以"立""勤"二字，承继先祖，训勉后辈，教导后辈要有志于学，要以德立身，要以劳造福。

以天地之心存心　乐民之乐
汲山河之气养气　忧民之忧

【位置】

视履堡东门广场品字房西

【注释】

天地之心：这里指人的精神气质。《吕氏春秋·有始》言："天地万物，一人之身也，此之谓大同。"《吕氏春秋·情欲》亦言："人之与天地也同，万物之形虽异，其情一体也。故古之治身与天下者，必法天地也。"南宋陆九渊说："宇宙便是吾心，吾心即是宇宙。"

山河之气：指高山大川之形胜风貌及其养育万物之道德境界。

全联意为：做人之正道，应从哲学家所谓的自然境界、功利境界、道德境界而走向更高的天地境界。从而以宇宙山河之浩然大气，与百姓同忧同乐。

万卷诗书　四时苦读一朝悟
十年寒窗　三鼓灯火五更明

【位置】

桂馨书院正窑廊

【注释】

悟：领会、顿悟，由此识彼。

十年寒窗：旧时文人长期闭门苦读之写

照。

　　三鼓灯火：古语"三更灯火五更鸡，正是男儿立志时"之句意。

听汾思激浪　眼界惟银河逸静
望绵念陟崖　心头岂蜀道崎岖

【位置】
　　敬业堂前院正厅
【注释】
　　汾：汾河。
　　银河：又名天河、银汉，即银河系。
　　绵：绵山。
　　蜀道：四川古道，指崎岖山路。李白《蜀道难》诗有"蜀道之难难于上青天"句。
　　全联以王家大院附近的西向之汾河波涛和东向之崎岖绵山喻及人生。期望心路如银河般平静而高远，并能不畏艰险，知难而上，跋涉向前。

僻壤有创构 碧水翠峰呈意境
山居无俗尘 繁花杂树慰平生

【位置】

　　视履堡东门广场品字房中

【注释】

　　上联：比较偏僻的王家大院，其依山面水，因地制宜之建筑艺术，意趣盎然，独具风韵。

　　下联：古人山居此方，有如世外桃源，倒也心地泰然，有所慰藉。

铭先祖崇善崇良 恒以礼义传家风
训后昆务实务本 但据节操励品行

【位置】

　　乐善堂正厅内

【注释】

　　铭：刻文字于器物以自警或称述功德，意在永记不忘。

　　恒：常、久。

　　礼：表敬意。礼仪、礼节、礼教、礼制、礼貌之简约综合。

　　义：行事得宜，正理正道，好善乐施，慷慨助人。义理、义气、义行、义勇之简约综合。

　　务实务本：讲求实际，专力于根本之道。

　　节操：气节，操守。

　　全联意在训教子孙要不忘先祖恩德，要以礼义传家，要保持高尚品格，而不要脱离实际，好高骛远。

先祖先贤 成由勤俭败由奢 深铭不忘
后昆后继 富要尚仁贫要信 首在言行

【位置】

　　敬业堂正厅内

【注释】

　　此联清晰明白，深入浅出地教育后辈，一方面要不忘先祖之所以能成就一番功业皆由勤由俭而致，而衰退败落多因奢侈糜烂。另一方面无论贫或富，都要仁义守信，谨言慎行，言行一致，言必行，行必果。以身示范，注重以自己的正当言行影响和教化子孙。

仰云汉俯厚土东西南北游目骋怀常中意
沐烟霞披彩虹春夏秋冬抚今追昔总生情

【位置】

　　敬业堂府第门

【注释】

　　云汉：天河。厚土：大地。

　　游目骋怀：纵目四望，胸怀开畅。

　　烟霞：朝阳或夕阳照射下之烟云。

　　彩虹：雨后日光与水汽相映现于天空之彩晕。

　　此联展示了主人在其兴盛期的心理状态：无论抬头低头四下观望，或一年四季晴雨之中说当今想往昔，都一时心旷神怡。

（以上由温暖补撰并注释）

阁眺绵山天边矗
槛闻溪水足下流

【位置】

    观日阁东柱

【注释】

    矗：高高直立。

    槛（jiàn）：窗户下或长廊旁的栏杆。

    足下：脚下。

    上联：在望绵阁中远望绵山，绵山在天边矗立着。

    下联：倚栏听溪水，溪水在脚下流淌着。

仰观碧落星辰近
俯瞰尘寰栋宇低

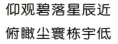

【位置】

    瞻月亭东柱

【注释】

    碧落：碧空，天空。

    尘寰：尘世，人世。

    栋宇：房屋。

    上联：抬头观望天空，繁星满天，觉得距离很近。

    下联：俯身鸟瞰村落，屋舍栉比，显得十分低矮。

欣临亭中品茗醉
稳坐台上对弈迷

【位置】

瞻月亭西柱

【注释】

欣：亦作"忻"，喜悦。《史记·张丞相列传》："上欣然而笑。"

弈：棋。

上联：欣喜地走进瞻月亭中，在此品饮茗茶，可以达到陶醉的程度。

下联：平稳地坐在亭中台上，两人下棋，可以达到痴迷忘我的地步。

根植悬瓮山下 桂荣槐茂
水出晋溪园中 源远流长

【位置】

观日阁西柱

【注释】

悬瓮山：在古晋阳西南，又名龙山，晋水源此山下，东流入汾河，王氏始祖子乔祠就坐落在悬瓮山下的晋溪书院。

桂荣槐茂：本义是指桂树、槐树长得很茂盛，这里喻子孙后代人丁兴旺。

晋溪园：晋溪书院前身，建于明嘉靖五年（1526），子乔祠坐落在该园中。

源远流长：源头远，支流长，喻历史悠久。

上联：静升王氏家族的根祖在悬瓮山下，子孙后代，瓜瓞绵绵，像桂树、槐树那么茂盛。

下联：静升王氏家族像一派支流，只因源头深远，才使得水流滔滔，长久不断。

步云桥 瞻月宫 兰芳居内赏叠翠
探酉山 汲古髓 养精舍外铸灵章

【位置】

　　兰芳居正窑廊

【注释】

　　云桥：兰芳居院内，瞻月亭台阶下孔壁匾额内容。云桥，神话中的银河桥。

　　叠翠：浓郁的青绿色植物。

　　酉山：湖南省沅陵县有小酉山，山中有二酉洞，洞中有石室，石室藏有图书。

　　汲古髓：钻研学习古书，汲取古典精髓，或收藏古籍古物，如汲水于井，一点一滴，一桶一桶提取。

　　精舍：旧时指书斋、学舍，是聚集生徒讲学的地方。

　　铸：认真地、费大力气地写成。

　　灵章：好的文章。

　　上联：登上云桥，仰望月亮中的宫殿，在兰花芬芳的居所，可以欣赏到浓郁青翠的花草树木。

　　下联：博览群籍，探讨学问，汲取古典中的精华，养蓄才华，在精舍之外，亦可写出华美篇章。

（以上由张国华补撰并注释）

恒贞堡建筑群楹联

第一节　古旧楹联

无曲鹤比节

有实凤来仪

【款识】

　　甲子仲秋　　竹轩漫题

【位置】

　　东堡门外石雕鹤凤绿竹画屏图题诗联

【注释】

　　无曲：指竹子直而不曲，虚心向上。文与可赞扬它"虚心异众草，劲节逾凡木。"

　　鹤比节：鹤为羽族之长，是仅次于凤凰的鸟。鹤的文化意蕴是多方面的。鹤被称为"一品鸟"，明清一品官服补子即为仙鹤。《宋史·赵抃传》云："匹马入蜀，以一琴一鹤自随。"是说赵抃乃刚直清廉之士，身为高官，仅以一琴一鹤相伴，以为政清廉传世。俗传鹤为长寿仙禽，故常以鹤寿、鹤龄祝人长寿。鹤比节，是说行规矩步，不淫不欲，俨然君子的鹤，可以与低头虚心的竹比节操、比节气。

　　实：竹实、竹子的果实。王子年《拾遗记》曰："（蓬莱山）有浮筠之竿（竹子），叶青茎紫，子大如珠。"谢灵运《晋书》曰："元康二年（292）春二月，巴西界竹生花，紫色，结实如麦。"毛诗疏曰："凤凰非梧桐不栖，非竹实不食。"

凤来仪：凤凰来仪。凤为传说中的神鸟，古代以凤比有圣德的人。《尚书·益稷》中有"有凤来仪"句，示圣贤教化功效极大，招来凤凰助兴。古人认为，鸟兽易来，凤凰难至。《红楼梦》写元妃省亲时，大观园第一处庭院所题匾额，便是"有凤来仪"，借以称颂元春的尊荣。这里的"凤来仪"也是颂词，是说家有珍珠般的竹实，可以召至神鸟凤凰来仪。

上联：竹子虚心向上，直而不曲，有君子的风度，只有仙鹤可以与它比气节、比操守。

下联：家有珍珠般的竹实，且有圣德的人布德教化，引来凤凰祝贺。

礼义传家宝
诗书裕后珍

【位置】

三甲西巷垂花门正面

【注释】

礼义：义同仪，指《周礼》《仪礼》《礼记》中所规定的儒家礼法道义及品德伦理规范。

诗书：诗即《诗经》。书有二解：一为《书经》，即《尚书》；一为"四书"，即《论语》《大学》《中庸》《孟子》，内容以儒家治学思想及伦理道德为主。

裕后珍：裕，教育。《尚书·灵爽》篇曰："告君乃猷裕我，不以后人迷。"意思是禀告君王，你谋宽饶之道，我留与你辅王，不用后人迷惑。珍，比喻难得的人才。《墨子·尚贤上》："况又有尚良之士，厚乎德行，辩乎言谈，博乎道术者乎，此固国家之珍，而社稷之佐也。"裕后珍，即教育后人成栋成梁。

上联：用儒家制定的礼仪作为传家法宝，世代相传。

下联：以《诗经》《尚书》教育后代，使其成栋梁之材，修身齐家，治国平天下。

琴书在几交非浅

花竹当窗鸟亦新

【位置】

三甲东存厚堂景薰书院第一道侧门

【注释】

琴书：琴棋书画的省称。古人称"琴棋书画"为"才秀四艺"，体现的是文人士大夫的儒雅秀气。

交非浅：交往频繁，情感深厚。

花竹当窗：窗前有竹有花，清淡素美。

刍：《说文解字》中，"刍，刈（yì）草也"即"割草"之意，后指喂牛羊的草，也引申为割草的人。后常用作向人陈述自己意见的谦辞。

上联：案几上有琴书，结交的朋友皆情意深厚。

下联：窗前有花竹，发出的议论都观点新颖。

尧谟舜典周礼乐
唐诗晋字汉文章

【位置】

二甲西樵逸斋楼上帘架

【注释】

尧谟：即尧典，《尚书》篇名。是史官记叙帝尧事迹的书。谟，谋，谋划政事。

舜典：是记叙虞舜事迹的书。原和尧典合在一起，晋元帝以后，才分为尧典、舜典两篇。

周礼乐：周代所制定的礼节和音乐。古代帝王以礼乐为手段来达到尊卑有序、远近和合的目的。

唐诗：中国诗歌发展到唐朝，进入一个新的高峰，格律诗（律诗、绝句）趋向成熟。且唐朝科举以诗取士，更促进了诗歌的发展，并出现了诗仙、诗圣、诗鬼等有个性的诗人。

晋字：东晋是书法艺术最繁荣、成就最辉煌的时期。这期间完成了隶书向楷书、章草向今草的转变。书法艺术也为文人士大夫所看重，他

们相互攀比，成为一种社会风气，当时书法名家辈出，影响甚大。

汉文章：汉代的文章。清胡广《理性大全书·论文》："韩文力量不如汉文，汉文不如先秦、战国。"是说汉代之文仅次于先秦、战国，连唐宋八大家之韩愈也逊汉文一筹。

廉耻自守则常足
道德是乐乃无忧

【位置】

顶甲兰桂园正窑顶

【注释】

廉耻：廉洁知耻。礼义廉耻，是古代提倡的四种道德规范，被认为是治国之四纲，也称"四维"。《管子·牧民》："国有四维……一曰礼，二曰义，三曰廉，四曰耻。礼不逾节，义

不自进，廉不蔽恶，耻不从枉。"

常足：永远满足。

自守：自己坚持操守。

道德：按韩愈《原道》解释："凡吾所谓道德云者，合仁与义言之也，天下之公言也。"今则指一个人的品德操行等优良品质。

乐：乐道，以追求至贤之道为乐。

无忧：无忧无虑，不受干扰。

全联意为：具有优良的道德品行，坚持操守，廉洁知耻，则心无忧事，安乐自在。

午日临轩呈霁色
南山当户耸奇峰

【位置】

顶甲"泰山石敢当"旁联

【注释】

午日：中午。

轩：原指前顶较高有帷幕的车子，后泛指有窗户的廊庑等以敞廊为特点的建筑物。

呈：显露，显现。

霁色：这里指雨或雪停后云开雾散天气放晴时绵山的美好景色。

当户：当，对着，向着。户，单扇门。单扇为户，双扇为门。《诗·小雅·斯干》："筑室百堵，西南其户。"当户，即面对着门户。

奇峰：非常奇特美好的山峰。

上联：日午时站在轩廊里，欣赏着

绵山如雨雪停后般美好的景色。

下联：在室内对着全开的门户，鉴赏南山高耸的奇峰，美景如同一幅山水条幅，从窗户内向外观，则是一幅方斗山水，令人倍感心旷神怡。

黜华崇实家声远
甘雨和风帝泽深

【位置】

底甲东澹宁院月亮门

【注释】

黜华崇实：消除浮华，崇尚求实精神。

家声：家世的名声。

甘雨：及时雨。《诗·小雅·甫田》："以祈甘雨，以介我稷黍。"《尔雅·释天》："甘雨时降，万物以嘉。"疏曰："甘雨即时雨也。"

和风：春天温和的微风，又借指情意深厚。

帝泽深：帝，上帝、天帝、皇帝。泽，恩泽。意谓天帝恩泽深厚。

上联：崇尚朴实，消除浮华，家世求真务实声誉永远流传。

下联：天帝的恩泽深厚，给大地带来了温暖的微风和及时雨，滋润着大好河山。

效张公多书忍字

法司马厚积阴功

【位置】

　　三甲西巷垂花门背面

【注释】

　　效张公多书忍字：张公即张公艺，唐郓州寿张人，九代同居。麟德（664—665年）中，高宗祀泰山，路过郓州，亲幸其宅，问其义由，张公艺请出纸笔，但书百余"忍"字。张公艺《唐书》有传。

　　司马：司马光，字君实，北宋陕州夏县（今山西夏县）涑水乡人，宋哲宗时为宰相，尽改新法，恢复旧制，谥文正，编著《资治通鉴》。为政期间治国有道，为民解忧，有德惠于人，世称万家生佛。

　　阴功：也称阴德、隐德，指暗地里施德惠于人，俗语有"有阴德者，必有阳报"。唐朝裴度，曾在香山寺拾到纹犀玉带，还给了失主，后来当了宰相。

　　上联：学习张公艺忍辱负重精神，定会成大事报效祖国。

　　下联：以司马光为楷模，多

做好事，多积阴德，不谋个人私利。

传家一篇司马训

课子数卷邺侯书

【位置】

二甲西司马第广亮门

【注释】

司马训：是司马光留给儿子司马康的著名家训《训俭示康》，其基本内容是告诫儿子崇尚节俭，力戒奢侈。《宋史·司马康传》："幼端谨，不妄言笑，事父母至孝，敏学过人，博通群书，以明经上第。"司马康四十一岁卒后，"公卿嗟痛于朝，士大夫相吊于家，市井之人无不哀之。"司马康能有如此高的美名善行，全赖于司马光的教诲。

课子：督教儿子读书。

邺侯书：邺侯，指李泌。唐天宝中，以翰林供奉东宫，历仕玄、肃、代、德四朝，位至宰相，后封邺县侯，世称李邺侯。李泌之父承休，聚书两万余卷，戒子孙家书不许出门，有求读者，别院供馔。韩愈《送诸葛觉往随州读书》诗："邺侯家多书，插架三万轴。"邺侯书有藏书多和告诫子弟认真读书两层意思。

上联：家传千年来广为传诵的司马光著名家训《训俭示康》，并以此教育子孙崇尚节俭，力戒奢侈。

下联：教子读书，要以邺侯为榜样，严格要求，耐心开导，使其深钻细研，理解深透。

树滋讵必陶潜柳
燕翼端凭韦氏经

【位置】

东堡门外

【注释】

树滋：树德务滋的简称。树，树立，建立，培养。滋，培植，增益。树德务滋意为施行仁德，施予恩惠，务必要广泛充分。

讵（jù）必：岂必，何必，不必。

陶潜柳：陶潜，即陶渊明（365或372或376—427），江西九江人，曾任彭泽令，因不为"五斗米折腰"，弃官归隐，以诗酒自娱，世称靖节先生，因门前种柳树五株，人又称五柳先生。其诗描写山川田园之秀美，自然朴实，有田园诗人之美称。他的诗中有一部分隐含着对统治集团的憎恶和不与其同流合污的精神，但也有宣扬"人生无常""乐天安命"等消极思想的。他这种思

想，在清代是不能够宣扬的，其出世的世界观与儒家入世的世界观恰好对立，因此有"靖节门前栽五柳，有隐士家风"之称。

燕翼：原意为如同燕子用翅膀覆盖雏燕，为喂养它们而奔忙。这里是称赞先辈们为子孙四处奔波，为其造福。语出《诗·大雅·文王有声》："诒厥孙谋，以燕翼子。"燕，安也；翼，敬也。意为"思得泽及后人，故遗传其所以顺天下之谋，以安敬事之子孙"。

端：应当，必须。

韦氏经：典出《汉书·韦玄成传》。韦玄成，汉时邹（今山东邹县）人，西汉丞相韦贤之子，明经好学，继修父业，汉元帝时官至丞相，父子皆以治经至丞相，因此邹鲁间有谚："遗子黄金满籝，不如一经。"同后来的三槐为王氏家族的典故一样，韦氏经也是颂韦姓族人的典故。

上联：要广泛普遍地推行仁德，施予恩惠，就不必像陶渊明那样远离尘世，逃避现实。

下联：造福子孙要像韦贤父子那样明经治世，担当重任，为国出力。

持躬敬佩无隅训
守业常怀有道风

【位置】

底甲西静思斋二门

【注释】

持躬：持，保持。躬，自身，亲自。是说坚持身体力行，亲自实践。

无隅：隅，一角，片面。《后汉书·仲长统传》："举端自理，滞隅则失。"李贤注曰："滞隅谓偏执一隅也。"鲁迅《坟·科学史教篇》："一隅之学，夫何力焉！"训，教训，教诲。无隅训，是说不要接受偏于一隅的教导，防止"面西墙不见东壁"的片面观点。

守业：专心于所事职业，指儒学事业。《国语·晋语七》："其壮也，强志而用命，守业而不淫。"韦昭注曰："业，所学事业。"明李贽《复严定见书》："且既读书为弟子员，若不终身守业，则又何所事以度日乎！"

有道风：有道，有才艺，有道德。《周礼·春官·大司乐》："凡有道者，有德者，使教焉。"《论语·学而》：君子"敏于事而慎于言，就有道而正焉，可谓好学也已"。何晏集解引孔安国语曰："有道，有道德者。"有道风，即是说有才艺有道德者的风度。

上联：应坚持事必躬身观察体验实践，防止出现片面和主观武断的做法。

下联：坚守儒家的学业，经常保持有学问有道德之人的风度，才能使事业代代相传。

世守诗书辉晋地
家传勤俭裕唐风

【位置】

东堡门内

【注释】

世守：世世代代坚守，矢志不移。

诗书：《诗经》《尚书》，儒家的经典著作。

晋地：晋，古国名，周成王封弟叔虞于唐，叔虞子燮父改国号为晋，春秋时包括今山西省大部与河北省西南地区，地跨黄河两岸，"晋"后便成为山西省的代称。

裕唐风：裕，充实，扩大。唐风，唐尧之遗风，《诗谱·唐谱》云："唐者，帝尧始居之地。今日太原晋阳，是尧始居此，后乃迁河东平阳。"正义曰："以序云有尧之遗风，则尧都之也。"《韩非子·五蠹》："尧之王天下也，茅茨不翦，采椽不斫。"这便是朴实简单勤俭的优良风气。

上联：世世代代学习儒家经典，家族人才辈出，声名辉映三晋大地。

下联：祖传勤俭家教，不忘朴实作风使唐尧时的茅茨土阶俭朴风尚，更加充实丰富。

立德仁义礼智信
处事天地君亲师

【位置】

二甲东缥缃居西侧门

【注释】

立德：树立圣人之德。《左传·襄公二十四年》："大上有立德，其次有立功，其次有立言，虽久不废，此之谓不朽。"疏曰："立德谓创制垂法，博施济众，圣德立于上代，惠泽被于无穷。"

仁义礼智信：五常之道。董仲舒《贤良对策》："夫仁谊礼智信，五常之道。王者所当修饬也。"唐柳宗元《时令论下》："圣人之为教，立中道以示于后，曰仁、曰义、曰礼、曰智、曰信，谓之五常，言可以常行者也。"

处事：处理事务。《左传·文公十八年》："先君周公制《周礼》曰：

则以观德，德以处事，事以度功，功以食民。"

天地君亲师：吴虞《读荀子书后》："其《礼论篇》曰：'礼有三本：天地者，生之本也；先祖者，类（类族）之本也；君师者，治之本也。'……此实为吾国'天地君亲师'五字牌之所由立。"君，皇帝。亲，双亲。师，师长。旧时教育子弟供一牌，上写此五字，表示此五者依次为人生最应尊崇服从者。故有"天地君亲师，深恩报不完"之说。

上联：树立德行应晓仁义礼智信五常之道。

下联：处事需遵从天地君亲师礼之三本。

（以上由仇晓风注释）

万丈虹文辉斗极
九天鹏翼展春云

【位置】

二甲西三槐堂金柱大门前石旗杆

【注释】

万丈虹：形容彩虹很壮观。常用来比喻气势恢宏，胸襟博大，充满豪情。

文辉斗极：同"文光射斗"。文光射斗，意为文章的文气风采，像光芒一样照射到北斗星上。典出《晋书·张华传》，后指宝剑之光射到南斗星和牵牛星上。唐王勃《滕王阁序》"龙光射斗牛之墟"化用了此典。"文光射斗"是原典故的类比。后来成为古代典籍中的常用语。京师（北京）贡院有"夜半文光射北斗，朝来爽气挹西天"楹联。文辉斗极，意为文章的光辉与北斗星和北极星之光相映照。清何玉田《贺陈公五十寿联》"望重清班，太史星文辉斗极；图成大衍，中秋月色满蓬壶。"

九天鹏：九天，古代传说天有九重。九天指天的最高处。鹏：古代传说中的大鹏鸟，即鲲鱼变化成的鹏鸟。《庄子·逍遥游》"北冥有鱼，其名为鲲，鲲之大，不知几千里也，化而为鸟，其名为鹏，鹏之背不知其几千里也。怒而飞，其翼若垂天之云。"九天鹏，盘旋在九天的大鹏。

春云：春天的云彩。

上联：气势恢宏，充满豪情的文章发出的光辉，与北斗星、北极星之光相映照。比喻文章锦绣，灿若星光。

下联：盘旋九天的大鹏，展开的巨大翅膀，像春日天空的云彩，比喻前程远大，仕途辉煌。

此联雕刻在三槐堂门前石旗杆上。树立旗杆是封建社会功名利禄的等级标志之一，举人可立旗杆，但只能用单斗，进士立旗杆则为双斗。

（此联由王铁喜注释）

谈心直欲梅为友
容膝还当竹与居

【位置】

二甲西司马第月亮门

【注释】

谈心：闲谈，聊天，说知心话。

直欲：只愿意，只想。直：通"只"。欲：想要，希望。

梅为友：与梅交朋友。松竹梅被誉为岁寒三友，松竹经冬不凋，梅则耐寒开花，故又有岁寒君子之称。

容膝：指地方窄小，仅有容膝之地。《韩诗外传》："今如结驷列骑，所安不过容膝。"陶渊明《归去来兮辞》："倚南窗以寄傲，审容膝之易安。"都是说住的地方窄小，仅可供容膝，但却平安自得。

还当：还愿。

竹与居：与竹为伴，居不可少。《世说新语·任诞》："（徽之）尝暂寄人空宅住，便令种竹，或问，暂住何烦尔？王啸咏良久，直指竹曰：何可一日无此君？"竹与居是说，居住不可无竹。

上联：聊天说知心话，只愿意把梅当作朋友，显示自己与梅志同道合。

下联：尽管只拥有容膝之地，还愿栽竹与竹同居，不可一日无此君也。

丛桂芳联依玉树
猗兰香馥绕乔松

【位置】

三甲西槐庭月亮门

【注释】

丛桂：桂树林。喻登科及第之子弟。《晋书·郤诜传》："（诜）累迁雍州刺史，武帝于东堂会送，问诜曰：'卿自以为如何？'诜对曰：'臣举贤良对策，为天下第一，犹桂林之一枝，昆山之片玉。'"后因以指科举及第。

芳联：芳，美好的香草，喻有贤德之人。联，联结。汉东方朔《七谏·沉江》："联蕙芷以为佩兮，过鲍肆而失香。"

玉树：指槐树。《三辅皇图·汉宫》："甘泉谷北岸有槐树，今谓玉树。"这里引申为王氏族姓的代称。

猗兰：猗，美盛茂。兰，兰花，是我国栽培历史悠久的观赏植物，与梅、竹、菊合称花中四君子。兰又比喻佳子弟。

香馥：香气浓烈。

上联：丛丛桂林，散发出浓郁的香气，紧紧围绕着玉树。喻王氏子弟似桂芳香，人才辈出。

下联：清淡素雅的兰花，其馥郁香气缭绕着挺拔高耸的苍松，散向四面八方。这里的兰、桂皆比喻德才兼备的王家子弟。

径无凡草惟生竹
气似灵犀可辟尘

【款识】

　　子雅四兄属　　左宗棠

【注释】

　　作者：左宗棠（1812—1885），清末政治家、军事家，洋务派代表人物。字季高，湖南湘阴人，举人出身，曾任浙江巡抚、闽浙总督、陕甘总督等。1875年督办新疆军务，率军攻打阿古柏（清同治四年侵入我国喀什，占领南疆），收复乌鲁木齐、和阗，击退了沙俄、英军对新疆的侵略。后任军机大臣，调两江总督。本联应是左宗棠任陕甘总督时，为王家后裔子雅题写。

　　径无凡草：径，小路。这里指路径。凡草：凡，平庸、平凡，凡草指普普通通的小草，也代指平凡的人。

　　惟生竹：只生竹子。

　　气似灵犀：气：气质，气骨，气韵。灵犀：犀牛角，这里特指辟尘犀的角。

　　辟尘：辟尘犀。犀有数

种，如辟寒犀角、辟暑犀角；辟寒犀能辟寒气，辟暑犀能辟暑气。辟尘犀，指传说中的海兽。南朝梁任昉《述异记》："却尘犀，海兽也，然其角辟尘，致之于座，尘埃不入。"辟尘表示清静无尘杂。

上联：园中的小径旁，没有一株杂草，只长有性似君子的翠竹。

下联：宅院内散发着芬芳的香气，仿佛有辟尘犀一样纤尘不染。

此联系左宗棠为王氏第二十一世祖王鸿远题写，旨在通过描写王鸿远院落的环境，称赞王氏兄弟品格高尚，家风淳朴。

神工妙手欲自试
山色江声相与清

【款识】

左宗棠

【注释】

神工：技艺精巧，似非人力所能达到的工艺。

妙手：技艺高超、熟练的艺术家。

欲自试：看了高妙的艺术品之后，自己受感染跃跃欲试。

山色江声：指图画中的青山绿水，"远看山有色，近听水无声，春去花还在，人来鸟不惊"。这是对山水画形色的描写，也是山水画的一个隐语。而联中的山色可以看见，江声可以听见，这是本联作者以一种移情的手法，把感观完全融入山色江声中，感觉似乎可以听见画面上波涛汹涌的江水声。像这样的情景在诗歌中也常常出现，唐李绅《红蕉花》诗："叶满丛深殷似火，不唯烧眼更烧心。"这里把深红色的蕉花比成火，这火不仅烧眼，而且烧心，与本联中的江水声是一个道理，可以说是全联中的"诗眼"。

左宗棠所拟本联，非门联，非春联，非寿联，亦非婚联，应是室内中堂山水画两边的配联，绘画者神工妙手，技艺精湛，青山水声更是相互映衬，看山色、听水声，欣赏者完全沉浸于此情此景之中。

（以上由仇晓风注释）

学有渊源庭列嘉树
居无尘杂阁明照藜

【款识】

　　岁次丁卯季春中浣　乾璧孙成基拜撰并书

【位置】

　　三甲东存厚堂松竹院大门

【注释】

　　作者简介：孙成基，字厚庵，别字乾璧，清襄陵（今山西襄汾县）人。道光三十年（1850）进士，任刑部主事，能书法，弱岁（少年）即嗜习书，人以神童目之。

　　学有渊源：所学有根源。学有根底，学问扎实。有书香门第之意。宋王庭珪《迁善斋铭》诗有"学有渊源，家声赫熠"之句。

　　列：众多，排列。

　　嘉树：佳树，美树。也指树的样貌美好，古代文献中多用来比喻人的美好品质。

　　居无尘：居住环境宁静，无世俗、烦杂之事搅扰。

　　阁明：天刚亮，指白天。

　　照藜：即青藜照阁。典出古代地理书籍《三辅黄图·阁》。西汉"刘向于成帝之末，校书天禄阁，专精覃思，夜有老人，着黄衣，植青藜杖，叩阁而进，见向暗中独坐诵书，老父乃吹杖端，

烟然。因以见向，授五行洪范之文，恐辞说繁广忘之，乃裂裳及绅以记其言，至曙而去，请问姓名，云：我是太乙之精，天帝闻卯金之子有博学者，下而观焉"。后以"青藜照阁"，指勤学夜读，精于学问，也指受到高人传授。

上联：学有根源、学问扎实深厚的书香门第，庭院栽植众多形貌美好的树木。意为文化底蕴深厚的王氏家族培养出了众多德行高尚才学广博的优秀人才。

下联：王家大院居住环境十分宁静，弟子无世俗杂念，早上只看看明亮的窗外芸阁，到月落时点起微弱的油灯，一年又一年日夜苦读，攻书习文，砥砺品行。

（此联由王铁喜注释）

如竹之苞 如松之茂
乃玉其洁 乃冰其清

【位置】

底甲东澹宁院东侧门

【注释】

如竹之苞：《诗·小雅·斯干》："如竹苞矣,如松茂矣。"以"竹苞松茂"喻根基稳固，枝叶繁荣，这里是贺其豪宅落成，同时祝其家族兴旺。

如松之茂：松树是坚贞长寿的象征，喻坚贞高洁的节操。茂，美好，优秀，卓越。

乃：好像，如同。

玉其洁：形容洁白无瑕，比喻德操高洁。

冰其清：像冰一样纯洁清亮。冰清常和玉洁组成成语。

上联：如同松竹一般常绿常青，有坚贞高洁的品节。

下联：像洁白无瑕的玉一样，像清净无污的冰一样，德操高洁。

遵司马公积德遗训
守东平王为善格言

【位置】

　　顶甲别一居大门

【注释】

　　司马公：司马光。

　　积德遗训：司马光在相位时，治国有道，革除弊病，为民解忧，有德惠于人，世称万家生佛。生佛，即活佛，喻有恩德的官吏。遗训，遗留的家训。

　　东平王：东平宪王刘苍，后汉光武帝第六子，明帝刘庄之弟。

　　为善：为善最乐。是说行善是人生最大的乐事。《后汉书·东平宪王苍传》："（明帝）日者问东平王：'处家何等最乐？'王言：'为善最乐。'其言甚大，副是要腹矣。"

　　上联：遵循司马温公广积厚德的教导，多做好事。

　　下联：恪守东平宪王刘苍

为善最乐的格言，善行正道。

静以修身 俭以养性

入则笃行 出则友贤

【位置】

　　东堡门石雕"海水朝日"影壁

【注释】

　　静：精神贯注专一。

　　修身：修养心身。

　　俭：约束，限制，节制。

　　养性：陶冶、修养、涵养本性。

　　笃行：行为淳厚纯正踏实。

　　友贤：与贤良忠厚的人交朋友。

语出《孔子家语》："夫内行不修，身

之罪也，行修而名不彰，友之罪也。

故君子入则笃行，出则友贤。"

　　上联：以贯注专一精神修养身

心，在自我约束中陶冶本性。

　　下联：对内行为淳厚、纯正、踏

实，对外则以贤良忠厚的态度对待朋

友。

积善之家 必有余庆

资富能训 惟以永年

【位置】

　　二甲东缥缃居二门

【注释】

积善：多做好事，积德善行。

余庆：余福，指先辈的恩惠，泽及后人。

资：财资。

训：通顺。

永年：长寿，长久。

上联出自《易·坤》："积善之家必有余庆。"意为积德行善之家，恩泽定会及于子孙。

下联出自《尚书·毕命》："资富能训，惟以永年。"意为资财富足，而能顺从，就可以长久下去。

燕柳精神　莺花富贵
鲤庭诗礼　鸾掖文章

【位置】

馆藏

【注释】

燕柳精神：燕柳，春燕剪柳，借"种柳栽杨春满户，春燕衔泥筑新屋"诗句之意，象征美满幸福的生活。

莺花：莺啼花开，指春日景色。春燕剪柳，莺啼花开，喻生活幸福美满，富贵春常在。

鲤庭诗礼：鲤，孔子儿子之名。《论语·季氏》："尝独立，鲤趋而过庭。曰：'学诗乎？'对曰：'未也。''不学诗，无以言。'鲤退而学诗。他日又独立，鲤趋而过庭。曰：'学礼乎？'对曰：'未也。''不学礼，无以立。'鲤退而学礼。"学诗才懂得怎样说话，学礼才懂得怎样立足于社会。这个典故是说孔子的儿子伯鱼路过庭院时，孔子教他学诗学礼。后便以"鲤庭"谓子受父训。句意为鲤在庭院接受父亲的诗礼教导。

鸾掖文章：鸾掖指鸾台，门下省的别称。唐杨汝士《宴杨仆射新昌里第》诗："文章旧价留鸾掖，桃李新阴在鲤庭。"指教育子弟学诗学礼，为国家贡献人才。

上联：像春燕衔泥一样辛苦劳作，才能赢来莺啼花开般的幸福生活。

下联：如圣人般教育子孙注意学习诗礼，在科考中撰写锦绣文章，才能成为国家的栋梁之材。

勤治生 俭养德 四时足用

忠持己 恕及物 终身可行

【款识】

　　岁次己巳杏邨　仲春既望一斋

【位置】

　　二甲西司马第后院隔墙镶嵌

【注释】

　　勤治生：经营家业，谋生计，要勤劳才可以获得成功。

　　俭养德：修养无为而治的德性，不能离开俭朴。

　　四时足用：四时财用富足，使用不完。

　　忠持己：持身、立身、修身，全依赖忠诚。

　　恕及物：恕，宽容。以宽容的态度，恩及万物。

终身可行：终身可以遵循的品德。终身，一生。行，从事，做。

上联：以勤谋生计，经营家业，以俭朴养德性，一年四季就可以财用富足。

下联：以诚实的态度立身修身，严格要求自己；以宽容的态度恩及万物，这是一个人一生都应该践行的高尚品德。

读君陈篇 惟孝友于兄弟
遵司马训 积阴德于子孙

【位置】

二甲东缥缃居大门

【注释】

君陈篇：君陈，周公旦之子，旦死，继父位，称周平公。《君陈篇》为《尚书·周书》内的一个篇章，内容是周公死后，周成王策命君陈前往成周地区继承父业，监视教化殷商顽民。

惟孝友于兄弟：语出《尚书·周书·君陈》，是说孝顺父母必友爱兄弟，这样才能施政有令（克施有政）。

司马训：司马光《训俭示康》家训。

阴德：阴功。

上联：读《君陈篇》，要记住孝敬父母，友爱兄弟，才能施政有令，有所作为。

下联：遵照学习司马光《训

俭示康》家训，多做好事，为后辈做好榜样。

（以上由仇晓风注释）

栋宇辉连 谢草郑兰窦桂
乾坤春满 祥云瑞日调风

【位置】

　　二甲东缥缃居南厅

【注释】

　　栋宇：指房屋。

　　辉连：光辉相连，相连显耀。

　　谢草：语出南宋谢灵运《登池上楼》"池塘生春草，园柳变鸣禽"句。后谢草通常指冬去春来，万物复苏，一派生机蓬勃的自然景色，也指春草。

　　郑兰：春秋时郑文公妾燕姞梦见天使授己兰花，后生穆公。后以"郑女花"指兰花。郑兰即兰花。

　　窦桂：化自窦燕山教子之典，冯道诗"燕山窦十郎，教子有义方。灵椿一枝老，丹桂五枝芳"。丹桂五枝芳即指五子名俱扬。后指名臣巨卿。窦桂即丹桂。

　　以上草、兰、桂均为花木名，与"栋宇辉连"相照应，形容家道昌盛。

　　乾坤：天地。

　　祥云瑞日调风：宋代许月卿《暮春联句九首》中有"祥云仍瑞日，霁月更光风"。中国传统文化中把祥云、瑞日、调风看作是吉祥的征兆，意为太平佳兆，太平

盛世。

上联：房屋相连显耀，庭院有春草、兰花、丹桂，象征名门望族，人才出众，家道兴盛。

下联：天地间充满和煦春意，有祥云瑞日调风之太平佳兆，象征家国正处太平盛世。

（此联由王铁喜注释）

南倚干城 好色晴岚还拱北
西瞻月璧 多情流润复绕东

【位置】

三甲西不陋居八角门

【注释】

倚：靠近。

干城：干，盾。城，城郭，起捍御防卫作用。《白虎通》曰："天子曰崇城，言崇高也；诸侯曰干城，言不敢自专，御于天子也。"《吴越春秋》曰："鲧（同鲧，夏禹之父），筑城以卫君，造郭以守民，此城郭之始也。"

晴岚：岚，岚气，晴日山中的雾气。

拱北：环卫北辰（北极星）。《论语·为政》："为政以德，譬如北辰，居其所而众星共之。"后因以

喻四方归服朝廷。

瞻：敬仰，瞻望。

月璧：月，月亮。璧，玉璧，玉璧一样的月亮。

流涧：山涧流水。

上联：南面紧倚着守民卫君的城郭，山色晴岚，一派太平景象，众星归服于北辰，民众向着开明的朝廷。

下联：西面瞻仰像玉璧一样的月亮。俯视山涧流水，情意绵绵，恋恋不舍地缓缓向东注入大海。

言物行恒 心田种德心常泰
居仁由义 福地安依福自多

【位置】

　　恒贞堡门楼后

【注释】

言物行恒：语出《易·家人》："君子以言有物而行有恒。"意为说话要有事实依据、要有道理，行事要有常规。

心田种德：心田，即心。此为佛教语，意思是说，心藏善恶种子，故能生善恶之苗，如同田地内能生长五谷，也能生长杂草莨稗。种德，语出《尚书·大禹谟》："皋陶迈种德，德乃降，黎民怀之。"心田种德除莨稗，德便会风行社会。

心常泰：泰，原指泰卦。《易·泰》："天地交，泰。"又《象》："泰，小往大来，吉亨，则是天地交而万物通也。"引申为通畅、安宁。

居仁由义：语出《孟子·尽心上》："居仁由义，大人之事备矣。"是说内心存仁，行事循义。

福地安依：福地，神仙居住的地方。现在则指幸福吉利安康之地。安依，安居，安处。

全联意为：说话应有理有据，行事应以仁义为基准，如此，则会内心安宁，事事顺利，幸福安康。

圣道高深 敦诗说礼功无尽
皇恩浩荡 凿井耕田乐有余

【款识】

　　戊秋之吉　　石居竟实

【位置】

　　二甲西三槐堂金柱大门

【注释】

　　圣道：圣人之道，特指孔孟之道。

　　敦诗说礼：敦，笃信不移。说，亦作悦，意为尊重爱好《诗》《礼》。语出《左传·僖公二十七年》："赵衰曰：郤縠（晋文公三军元帅）可，臣亟闻其言矣，说《礼》《乐》而敦《诗》《书》。"《春秋左传正义》疏曰："《礼》《乐》者，德之法则也；心说《礼》《乐》，志重《诗》《书》，尊《礼》以布德，习《诗》《书》以行义，有德有义，利民之本也。"

　　功：成效，功效。

　　皇恩浩荡：皇恩，皇帝的恩德；浩荡，宽大广远。

　　凿井耕田：晋皇甫谧《帝王世纪》："帝尧之世天下大和，百姓无事，有八九十老人击壤于道，观者叹曰：'大哉，帝之德也。'老人曰：'吾日出而作，日入而息，凿井而饮，耕田而食，帝何力于我哉？'"后成为歌颂太平盛世的典故。

乐有余：乐有余味。

上联：圣人之道既高且深，只要笃信与喜欢圣人的著作《诗》《书》《乐》《礼》，成效就会无穷无尽。

下联：皇帝的恩德广远，治国有道，百姓日出而作，日入而息，凿井耕田，自饮自食，乐有余味。

紫粉嵌空 万竿逸气争栖凤
碧梢轻惹 一夜凌云看箨龙

【位置】

馆藏

【注释】

紫粉：竹子皮上所生的粉末。谢灵运《于南山往北山经湖中瞻眺》："初篁苞绿箨，新蒲含紫茸。"

嵌空：竹子凌空舞动，姿态玲珑。杜甫《杜工部草堂诗笺》七十《铁堂峡》："修纤无垠竹，嵌空太始雪。"

逸气：超脱世俗的气概气度，也即俊逸之气。

争栖凤：争着期盼凤凰栖息。凤为鸟中之王，非梧桐不栖，非竹实不食，非灵泉之水不饮。《韩诗外传》卷八："凤乃止帝东园、集帝梧桐、食帝竹实，没身不去。"

碧梢轻惹：竹梢轻轻染上碧玉般的颜色。惹，沾染。南朝梁何逊《九日侍宴乐游原》："晴轩连瑞气，同惹御香芬。"

一夜凌云：言其竹子长得特快，一夜之间便

高入凌霄。凌云，高入云霄。

箨（tuò）龙：竹笋的异名。

上联：万竿染有紫色粉末的竹子，玲珑美好，俊逸之气超凡脱俗，在迎接即将到来的凤凰。

下联：碧玉般的箨龙，一夜之间便插入云霄，呈壮志凌云的美好景象。

一门天性之乐　祖孙父子兄弟
百世传家之宝　诗书礼乐文章

【款识】

　　韩城　王德昭

【位置】

　　恒贞堡门楼前

【注释】

　　一门：指姓氏家庭。此指静升王氏一门。

　　天性之乐：即天伦之乐。天性即自然伦次。祖孙父子兄弟，是说长幼有序、子孝父严、兄弟和睦之气氛。

　　百世：指世世代代，泛指久远的岁月。《诗·大雅·文王》："文王孙子，本枝百世。"

　　传家之宝：世世代代相传的珍贵物品。

　　诗书礼乐：诗，指《诗经》；书，指《尚书》；礼，指三礼，即儒家经典《周礼》《礼记》和《仪礼》；乐，指《乐记》。以上都是儒家经典著作。礼是封建社会经国家、定社稷、利人民的法宝，乐则起移风易俗、荡人之雅气、存人之正性的作用。

　　文章：礼乐法度。非指文辞或独立成篇

的文字。

上联：王氏家族父慈子孝，兄弟和睦，尽享天伦之乐。

下联：家族将《诗经》《尚书》《周礼》《礼记》《仪礼》等典籍作为历代的传家之宝。

南浦绕璇澜 襟带静深 云涌三山凝百福

西椒环翠霭 林皋雄秀 风培五桂茂千春

【款识】

　　戊戌季秋穀旦　张庚午题

【位置】

　　南堡门外

【注释】

　　南浦：南面的水边。

　　璇澜：璇，美玉；澜，波纹。美玉般的波纹。

　　襟带：山川屏障环绕，如襟如带。

　　静深：沉静深邃。

　　三山：蓬莱、方丈、瀛洲。传说东海中的三座神山，也称三神山。

　　凝百福：积聚百福。

　　椒：山顶。

　　林皋：林，树林。皋，湖沼，洼地。林皋指山林皋壤，或树林水岸。语出《庄子·知北

游》："山林与，皋壤与，使我欣欣然而乐与！"

雄秀：雄伟挺秀。

风培：培风，加于风上，借风力而向上。语出《庄子·逍遥游》。

五桂：科举时登科称折桂，五桂则借用五代窦禹钧五子登科典故。冯道赠诗曰："燕山窦十郎，教子有义方。灵椿一株老，丹桂五枝芳。"

茂：优秀卓越。

千春：指千秋万代。

上联：南边水面有碧玉般的波纹荡漾，对面山上屏障环绕，景色沉静深邃，云雾中幻现出蓬莱、方丈、瀛洲三仙山，凝聚福寿。

下联：西边山巅环绕着翠绿色的云气，山林水边风景雄伟挺秀，佳子弟乘风直上，千秋万代优秀卓绝。

琼质金相 当时之秀 颂经风纬 冠世而华
诗文清芬 开道德会 山川灵秀 秘庭户间

【款识】

　　丁巳夏闰月　　张域书

【位置】

　　南堡门内

【注释】

琼质：琼，白色美玉。质，质地。琼质指美玉般的品相。

金相：金，指黄金。相，形貌。

颂经风纬："颂"和"风"如经纬交织。这里专指"诗经"，"颂"与"风"相对应。颂，《诗》六义之一，含《周颂》《鲁颂》《商颂》。风，指《诗经》中的国风部分。刘勰《文心雕龙·风骨》："《诗》总六义，风冠其首，斯乃化感之本源，志气之符契也。"

清芬：清香；比喻德行高洁。

开道德会：会，代指门。开道德之门。

灵秀：钟灵毓秀，美好的风土诞育优秀人才。

秘：藏。

上联：纵有琼玉般的品相，黄金般的相貌，只是一时之秀，只有认真吟诵诗经，才会成为华美有文采超凡出众的天下一流人物。

下联：要以清新义深的诗文，启发教导后人重德重才；庭户内可以收藏山川美好风景，培育优秀人才。

（以上由仇晓风注释）

唐有赋汉有颂宋有策晋有经麟麟炳炳家声旧
善为田德为种宽为播厚为获继继绳绳世泽新

【位置】

底甲西静思斋随墙垂花门

【注释】

唐有赋：指唐代王勃的《滕王阁序》。也代指王勃。

汉有颂：指汉代王升、王戎的《石门颂》。也代指王升、王戎。

宋有策：指宋代王安石的《富国强兵策》。也代指王安石。

晋有经：指晋代王羲之的《黄庭经》。也代指王羲之。

麟麟炳炳：即成语炳炳麟麟，光明显赫之意。

家声：指家庭或家族的名声、声誉。

旧：依然像从前一样。

继继绳绳：延续不断，前后相承。

世泽：先人留下的恩泽、恩惠。

上联：唐代有王勃的《滕王阁序》，汉代有王升、王戎的《石门颂》，宋代有王安石的《富国强兵策》，晋

代有王羲之的《黄庭经》，王氏先贤以学问立命，以气节养身，光彩显赫，家族声誉美名一如从前。

下联：精耕善良心田，常施德于人，传扬宽容情怀，修成忠厚品行，代代传承、延续不断，使家族前人恩泽惠及子孙后代。

（此联由王铁喜注释）

风格谦和归子慕
胸襟高旷晋渊明

【款识】

辛酉举人田用登拜题

【位置】

三甲东存厚堂景薰书院内月亮门

【注释】

作者：田用登，清山西灵石人，嘉庆六年（1801）举人。

风格：风度，品格。

谦和：谦虚，和蔼。

归子慕：字季思，号陶庵，学者称其清远先生，南直隶苏州府昆山（今江苏苏州）人。生于明嘉靖四十二年（1563），卒于明万历三十四年（1606）。散文大家归有光第五子。归子慕幼有文行，清正静好，待人十分谦和。万历十九年（1591）举人。再试礼部不第，屏居江村。所居陶庵，槿篱茅屋，诗歌以为乐。卒后，巡按御史祁彪佳请于朝，赠翰林待诏。

归子慕著有《陶园集》四卷。

胸襟高旷：胸襟，指抱负、气量、志趣。高旷，豁达开朗。

晋渊明：即陶渊明，名潜，字元亮，号五柳先生，私谥靖节，晋浔阳柴桑（今江西九江）人，曾任彭泽令等职，因不满士族地主把持政权的黑暗现实，不为五斗米折腰，挂印辞官归隐。长于诗、文、赋、辞，其作品多描绘农村田园生活，故有田园诗人之称。其优秀作品隐喻着对腐朽统治集团的憎恶，表达了不愿同污合流的思想。

上联：思慕学习和向往归子慕谦虚、和蔼、热爱祖国的品德和务实的文风。

下联：学习陶渊明远大抱负和豁达开朗的胸襟气度，不与门阀士族同流合污。

这副对联是对明代归子慕和东晋陶渊明二位高士的赞扬，并把他们高贵的品格作为思慕学习的对象。更值得一提的是，这副对联与存厚堂绿门院硬心抱框墙之"四爱图"，有着内在的精神联系。

（此联由仇晓风、杨迎光注释）

樊侯贶我以茹吐
叔度移人之性情

【位置】

馆藏

【注释】

樊侯：仲山甫，一作仲山父。周太王古公亶父的后裔，虽家世显赫，但本人却是一介平民。早年务农经商，在农人和工商业者中都有很高威望。周宣王元年（公元前827），受举荐入王室，任卿士(相当于后世的宰相)，位居百官之首，封地为樊，从此以樊为姓，为樊姓始祖，所以又叫"樊仲山甫""樊仲山""樊穆仲"，亦称樊侯。专门颂扬仲山甫的诗歌《诗·大雅·烝民》说"维仲山甫（樊侯），柔亦不茹，刚亦不吐，不侮矜寡，不畏强御。"

　　贶（kuàng）：赐，赏赐。

　　茹吐：本义为吃进去和吐出来。如，吐刚茹柔：吃进去软的，吐出来硬的，比喻欺软怕硬。在这里，"茹吐"是樊侯"柔亦不茹，刚亦不吐"的缩写。形容正直不阿，不欺软怕硬。

　　叔度：汉黄宪字。黄宪品学超群，尤以气量深广著称。东汉时期的名士郭林宗曾称赞他说："叔度汪汪若万顷陂，澄之不清，扰之不浊，其器深广，难测量也。"

　　移：改变。

　　上联：樊侯赐赠给我们正直不阿、不欺软怕硬的品格。

　　下联：黄宪恢宏大度的气量影响和改变了人们的性情。

一片云山摩诘画
四时花鸟杜陵诗

【款识】

　　石庵

【位置】

　　馆藏

【注释】

　　作者：刘墉（1719—1804）清书法家。字崇如，号石庵，山东诸城人。官至体仁阁大学士。工书，尤长小楷。其书用墨厚重，貌丰骨劲，别具面目，与翁方纲、梁同书、王文治齐名。能诗，有《石庵诗集》。

云山：云和山。也指高耸入云的山。

摩诘画：指王维的画。王维，字摩诘。原籍祁（今山西祁县），后迁至蒲州（今山西永济）。唐代山水田园派的代表。其诗、画成就都很高，是盛唐时期的著名诗人，被誉为"诗佛"。他的水墨画风，几乎影响着唐以后的中国山水画发展的全部历史。苏轼评价他说："味摩诘之诗，诗中有画；观摩诘之画，画中有诗。"

杜陵诗：杜陵指唐杜甫。杜甫祖籍杜陵，他也曾在杜陵附近居住，故常自称杜陵野老、杜陵野客、杜陵布衣。杜甫的花鸟诗，风格婉约纤丽，描写生动形象，绘声绘色，山水花鸟跃然纸上。

全联以"摩诘画"和"杜陵诗"作比喻，生动形象地描写出宅居周围如诗如画的优美自然环境。

（以上由杨迎光注释）

一片雲山摩诘畫

四時花鳥杜陵詩

第二节　选补楹联

一帘花影云拖地
半夜琴趣月在天

【位置】

底甲东恬逸居上院东廊

【注释】

全联表达了一种优雅的意境和文人情趣：夜半抚琴，明月在天，欣然间偶望竹帘外面，一片花影，有如天空之云下垂到地上。

树至德于一生
遗流爱在百年

【注释】

树：立，种植，培植。

至德：极高尚之道德品行。

遗：余，留。

流爱：以高尚道德品行传播、传布、流传下来的，对世人、对后辈的关爱。

全联大意为：只要你的一生（而不是一时一事）都能有极高尚的道德品行，这种道德品行就可能惠及百年千年之后的人们，而百年千年之后也还会有人爱戴你。

好鸟枝头亦朋友

落花水面皆文章

【位置】

　　三甲西素心居南厅

【注释】

　　好鸟：益鸟，美丽之鸟。曹植有诗云："好鸟鸣高枝。"

　　落花：因萎蔫或风雨而落下之花朵、花瓣。南唐后主李煜有词云："流水落花春去也，天上人间。"

　　全联诗情画意，且具有哲理，洋溢着一种闲适、恬淡的情境。故谓：只要不是害鸟，它能在枝头唱歌，便应该是人类的朋友；而花落水面之情景，无论因不测风雨或自然规律，都可以引发人的许多联想而成为文章。

作无品官　行有品事

读百家书　成一家言

【位置】

　　顶甲童心园正窑顶

【注释】

　　品：①旧时之官阶级别，一品至九品，又各分正从，以别尊卑；②标格，如言等级之不同为品第，言人之思想认识和作风行为等方面的本质为品质，言人之品质才学或艺术造诣之高下为品格，还有言人之行为、道德、声望表

现为品格时的品行、品德、品望等。

　　上联：一个人尽管可能是、也可以做不入流无级别的官，但其做事必须要有高尚的品行道德，这样才能保持自己应有的人格品位。

　　下联：只有众采博览、通读百家，才能形成自己独立的见解，才能有独到的造诣，形成可以传世的一家之言。

无欲常教心似水
有言自觉气如霜

【注释】

　　欲：期望、希冀之意，此处指欲望中非正当之贪欲、嗜欲、情欲，或其他超越正常的欲念、欲求。

　　有言：语出《论语·宪问》，子曰："有德者必有言，有言者不必有德。"意为有德行的人，必定有好言语，可是有好言语的人却不一定就有道德。杨伯峻注："有言，意为有善言。"

　　霜：本指接近地面空气中所含的水汽遇冷在地面物体上凝结成的白色冰晶，此处喻冷峻、高洁。

　　全联意为：一个人只要你没有不正当的欲望，你的心便经常会像流水似的清新清亮、平静自如；在这种心态下，你的一些言谈言论也就像置身于秋高气爽的大自然中那样峻拔、高逸，有其"霜威"。

心清似兰 结有德之友
志坚如石 弃无义之财

【注释】

兰：兰花、兰草之泛称，多年生常绿草本植物，花中君子，喻芳洁。

石：岩石、矿石之泛称，喻坚强。

上联：做人要像兰花一样，心地纯净清远，并与道德高尚、有人格品位的人交朋友。

下联：做人要有道德而意志坚强，对非正道正理之财弃之不取。

全联：做人要心洁志坚，结交良友，取财有道。

创业维艰 祖辈备尝辛苦
守成不易 子孙宜戒奢华

【位置】

三甲东存厚堂景薰书院南厅

【注释】

创业：一番事业的开创、创建。

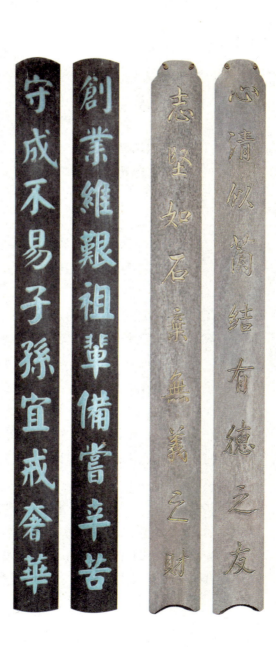

维艰：十分艰苦。

守成：保守住已成之事业，不使其荒废、荒失。

奢华：奢侈浮华，靡费而不知节俭。

全联意在教训子孙后辈，要知祖先创业之艰难和守住已成事业之不易，要力戒奢侈浪费，要养成勤俭的良好习惯。

天道无私 用力须从根本处
圣言可畏 求安只在隐微中

【位置】

底甲东直方大南厅

【注释】

天道：中国古代哲学术语，指日月星辰等天体的运行规律，纯属自然现象的天理。

圣言：圣人之言。

隐微中：隐隐约约的细微之中。

上联：天地日月星辰之运行对每一个人来说都是公平的，你的任何作为，只能从根本上实实在在下功夫，才可能达到目的。

下联：圣贤的言论是可信赖的，只有从内心出发在细微处注重塑造自己的人格形象，才可能安生安逸，安居乐业。

世事如棋 让一步不为亏我
心田似海 积百川方见容人

【位置】

　　顶甲红杏园正窑廊

【注释】

　　世事：泛指社会上的一些事情。

　　心田：心地、心胸、心肠，言人之心术或存心。

　　上联：世界上的事就像下棋一样，善弈者让一步仍能取胜，不善弈者让一步也不算吃亏，做人应能忍能让。

　　下联：含林则徐"海纳百川，有容乃大"之句意，讲人的心胸应像大海一样宽广，可以积大河小溪之流，要能够容人。

　　全联意在教人宽容大度。

继祖宗一脉真传 克勤克俭
示儿孙两条正路 惟读惟耕

【位置】

　　三甲东存厚堂松竹院正厅后

【注释】

　　一脉：称血统或学统、其他传统之一系者。

　　真传：真正的、毫无虚假、实实在在传下来的。

　　惟读惟耕：农耕社会中赖以生存的基本

条件惟耕，借以发展的出路惟读。

全联通俗明白地以祖训和经验教导儿孙，种田读书，一定要勤奋勤勉勤恳，不偷懒；日常生活，一定要节俭节约节制，不奢侈。

一饭一粥　当思来之不易
半丝半缕　恒念物力唯艰

【位置】
　　二甲西贻穀斋正窑廊
【注释】
　　恒念：常常想到。
　　物力：物质财富且具有资生之力者。
　　唯艰：维艰，很困难艰辛。
　　本联出自清代《朱柏庐治家格言》中两句。原句为："一粥一饭当思来处不易，半丝半缕恒念物力维艰。"纵然是一口粥一口饭也应想到春种秋收之所来不易；即使是丝缕点滴也要想到创造这些财物和得到这些财物之艰难。

（以上选用古联，由温暖注释）

第三节　撰补楹联

善读水底鱼戏月
方悟枝头鸟谈天

【位置】

　　顶甲童心园归真亭
【注释】

　　善读：能够或长于玩味、品味。

　　悟：豁然开朗，心领神会。

　　全联意为：鱼在水底戏月，只能追慕其形，而不能近得其实，有如人之镜中观花。此情你倘能品出真味，那么，对于常常居高枝而叽叽喳喳的鸟雀，你就会知道它们纵然是在谈天说地，也不过就像鱼儿在水中戏月罢了。全联富于天趣，似写禽鸟之乐，却意味深邃，让人浮想联翩。

户对青山情常在
屋倚黄土梦不寒

【注释】

　　上联：宅居面对青山，大自然之情趣历历在目，使人超越尘俗。

　　下联：屋舍倚黄土高坡，土窑洞夏凉冬暖，万般梦境，尽在安居乐业之中。

秀木高枝终成梦

金风玉露惯是情

【位置】

顶甲兰桂园西廊

【注释】

秀木：美好的花草树木。

高枝：高大的树干树枝。

金风：秋风。

玉露：晶莹如玉的秋露。

全联意为：美好的花木，高大的枝干，随着寒暑移替，终久衰落成梦，或使攀高枝者、溺花海者之心思成为黄粱一梦；而凉爽宜人的秋风和晶莹如玉的露珠，却多给人以警示或联想，并每每深情地提醒人们：冬天就要来了。全联言景物而隐喻人生。

懒闻鸟雀双重唱

静对琴书百虑清

【位置】

底甲东恬逸居上院正屋

【注释】

重唱：原指音乐上的多声部演唱形式，如二重唱、三重唱、四重唱等，此处借喻众鸟雀之鸣叫。

百虑：许多的忧虑和思绪思谋。

全联意为：当你聚精会神地抚琴或读书的时候，你便会忘掉一切忧虑愁思，甚至对头上鸟雀的叽喳啼鸣和身旁谈笑的人群，都会听而不闻，视而不见。这时，你必然在沉浸感受中得到了陶冶。

闲云无事绕高屋
雁阵序时惊小亭

【位置】

　　顶甲红杏园南庑

【注释】

　　闲云：无牵无挂、来去自如而超离尘俗的云片。

　　高屋：特指坐在恒贞堡四甲小亭内可仰望到的高层屋舍。

　　雁阵序时：大雁飞行时排列成行，如军队之阵列，谓雁阵。大雁春来秋去，时间上有一定规律，人们依此而知寒暑，称雁阵序时。

　　此联虽在描叙景物，似在抒发闲情逸致，给人"爱替青天管闲事，今朝几多白云生"的感觉，却以一个"惊"字，惊时间易逝，惊人生易老，小亭内便惊出点人生况味。

晏子风　前趋后效
陶公业　古往今来

【位置】

　　二甲东缥缃居正窑顶

【注释】

　　晏子风：晏子即晏婴，字平仲，春秋时齐国夷维（今山东高密）人，景公时为相。

晏婴平日节俭成习，一件狐裘穿了三十年，后人以此形容为官者清贫俭朴之优良风尚，并作为效法之榜样。

陶公业：陶公，指古代富人陶朱公，即范蠡。范蠡字少伯，春秋时楚国宛（今河南南阳）人。范蠡在帮助越王勾践雪耻后，弃官归隐于陶（今山东定陶西北），变异姓名为鸱（chī）夷子皮，号陶朱公，泛游江湖，经商致富，"富而好行其德"，《史记·货殖列传》中记有其人其事。

上联：即使事业有成，也一定要以古人晏婴为榜样，俭朴成风，不事奢靡。

下联：纵然腰缠万贯，也要像古人陶朱公范蠡那样，富而有德。

世伪知贤　道远知骥
青松是友　枫叶是情

【位置】

顶甲兰桂园二门

【注释】

世伪知贤，道远知骥：语出三国魏曹植的诗作《矫志》。世伪知贤，谓世态多假、世事多诈，世间缺少真善美的时候，才能真正得见人格高尚的贤明贤良之人。道远知骥，即路遥知马力之意。

本联以两句古语所含的人生体察为上联，希望有青松、枫叶一样的朋友，青松雪压不凋，枫叶经霜而红。

对夕照　问北山鸣凤
披晨曦　闻南庙诵诗

【注释】

夕照：夕阳西照。

北山鸣凤：指王家大院北边山坡上之鸣凤塬，即王氏祖坟所在地。

晨曦：太阳初升的微光。

南庙诵诗：指王家大院南边之静升古镇元代文庙，数百年间该处曾设庙学和现代、当代学校。

全联意为：于堡墙亭下小憩，早早晚晚，或曾听到南边文庙内传来的琅琅读书声，或会问及北山鸣凤塬的王家祖坟以及王家当年的兴衰情况。

小园春草 老院况味
昔日秋蝉 今朝童声

【位置】

顶甲兰桂园东廊

【注释】

小园：指恒贞堡花园。

老院：指王家大院。

况味：深层次的情状与意味。

童声：少年儿童在未变声前的嗓音。其声音纯真无邪，亲切悦耳，启人心神。

全联意为：小园里一年一度春风吹绿的草木，常使人思考着二百多年来王家大院的兴衰情状与沧桑变迁，置身其间，似有昔日哀哀之秋蝉在耳，又闻得今朝嘹亮向上之童声。虽"年年岁岁花相似"，却旧貌新颜，正充满无限新的希望。

结梅竹为友 立身立业
学孔孟之道 明理明心

【注释】

全联意为：学习孔孟伦理纲常，结交梅竹品格之友；明事理，明心志，保持节操，成就丰功伟业。

晴翠映古堡 古香古色
远芳接新潮 新望新声

【位置】
　　顶甲忠恕堂大门内
【注释】
　　晴翠：天气晴朗时葱翠的景色。
　　远芳：远处的花木芳香。唐朝白居易
《赋得古原草送别》中有"远芳侵古道，晴
翠接荒城"句。
　　古堡：指恒贞堡并泛指王家其他堡院。
　　新潮：新的潮流。此处指新景物、新
气象。
　　全联意为：映照着翠美的景色，古老
的恒贞堡愈显得古色古香；连接着远处葱
茏的花草树木，重新修缮开放的王家大院
在熙熙攘攘的游人中，更有着新的韵致，
新的声望。

重国货 期贾新世界
察市情 致富大中华

【位置】
　　二甲东德馨轩正窑顶
【注释】
　　期：希望，等待，争取。
　　贾（gǔ）：旧指商人，所谓"行商坐

贾"。含卖出和期待卖出之意，有时也言及买入并泛指商业贸易。

新世界：新的更广大的市场和商贸领域。

察市情：观察了解市场的变化情况。

大中华：全局，全民，全国，中华民族。

上联：以爱国商人历来首先注重营销国货的优良传统，力争不断开拓并扩大国内外新的市场。

下联：随时注意观察了解市场的变化情况，在自己致富的同时，帮助更多的人致富，着眼国家和全中华民族之利益，实现国富民强。

读书探圣道 正心养性
嗜酒流天真 谈笑封侯

【位置】

三甲西不陋居正窑顶

【注释】

探：探究，探索，寻求，寻取。

圣道：圣人所循之道德理义。

正心养性：正其心志，涵养天性，即提高个人品德修养。

流天真：流露人之本性。天真，心地单纯，性格直率。

封侯：帝王给人以土地和爵位。侯，侯爵，古代贵族五等爵位（公、侯、伯、子、男）中的第二等，旧时也泛指做大官的人。

全联意为：读书人探求圣人之道，首先是为了提高自己的道德修养；喜爱饮酒者难免流露本性，口吐真言，见解高超，笑谈间即可封侯拜相。

笑谈古今　或应一壶浊酒
纵论山水　无妨三道雾茶

【位置】

底甲东恬逸居上院南屋

【注释】

浊酒：不清澈或较差的酒，有时作为谦辞。

纵论：无所拘束地谈论。

三道雾茶：云南白族有著名的"三道茶"礼数。即饮茶时三个阶段的三种感受及意绪："先甜，后苦，三回味。"雾茶为云雾茶之简称，产于安徽黄山，这里借喻人生处境多有云雾朦胧之时之处。

全联意为：无拘无束地笑谈世事，臧否古今，自然可以以酒助兴，可在"三道茶"的意绪中品味自己少年、中年、老年的人生历程，也会在一定境界中有所感悟和启迪。

勤劳在先　松柏春常驻
诚信为本　芝兰德自馨

【注释】

诚信：诚实诚恳，信用信义。

芝兰：《孔子家语·在厄》："芝兰生于深林，不以无人而不芳。"比

喻品德高尚或友情、环境等的美好。

德：道德、品德、美德，高尚人格品行的概括。

馨：芳香之气味，特指散布很远的香气。

全联意为：以勤劳谋求生存发展，事业才能像松柏常青似的风光；以诚信为做人做事之根本，你的人品道德才能像高雅高洁的芝兰那样，芳香远播。

此联意在教育每个人都应以勤劳立身，以诚信为本。

论古今 嗤奸邪 朝天大笑
读山水 品雨露 立地躬耕

【位置】

三甲西槐庭正窑顶

【注释】

嗤：讥笑。

奸邪：奸诈邪恶者。

全联展示了耕读人家之心态，描绘了或耕或读的一个生活画面——谈论史书时对奸佞、奸宄（guǐ）之辈不屑冷嗤，野外耕犁时对天地人生仔细品味。

金石其心 交以道 接以礼
仁义为友 聚者舒 遇者和

【注释】

金石其心：如金如玉般纯净而坚贞的心地。

道：道理，道德，道义；法则，法理；

宇宙万物的本源、本体；也指一定的人生观、世界观或政治主张和思想体系。

礼：礼教，礼节，礼仪，礼貌。泛指古代等级制度下的社会规范和道德规范，也指一定时代的道德观念和风俗习惯所形成的仪式和表示尊敬的行为动作。

仁义：仁爱，正义。宽惠正直，通情达理。是古代儒家一种含义极广的道德范畴。

全联意为：只要具有金石般的美好心肠，与人交结交往，便能相互尊敬，遵从一定的道德礼仪；只要能仁爱正直地对待他人，则不仅朋友相聚时会舒心快慰，陌路相遇者也会和谐共处。

心源开处有清波　云山大度
眼界高时无碍物　海宇宽怀

【位置】

　　顶甲别一居正窑廊

【注释】

　　心源：心底之识见。

　　云山大度：如天空的白云和耸立的高山那样度量宏大。

　　海宇：四海天下。

　　上联：一个人只要心底见识开阔，他的思想气质便可以像滚滚清流，波涛汹涌，从而待人处世有如云行于天、山立于地，大度豁达。

　　下联：只有站得高看得远，才会胸怀宽广，心无虑碍，凡事从长计议。

与有肝胆人共事 立身立业
从无字句处读书 明理明心

【位置】

　　顶甲隐翠园正窑廊

【注释】

　　上联：只有同诚恳实在而又有胆识有血性的大丈夫相处共事，才会有益于自己站稳脚跟，才能创立家业事业并有所建树。

　　下联：除了从书本上学习外，更要从实践中取得书本上没有的知识，从而使自己懂得更多的道理，成为明白人。

静望瑞云揩天 清风扫地
遐思德政治国 教化成人

【注释】

　　静：心闲气静。

　　望：远望，遥望。

　　瑞云：吉祥的云。

　　遐思：漫无边际地想象。

　　德政：有益于人民的政纲政体政令等。《论语·为政》："为政以德。"孟子："以德服人。"

　　教化：教育感化。

　　全联意为：当闲静地望着片片白云把天空揩拭得那么明净清朗，阵阵清风把大地吹拂得那么清爽宜人时，遐思缕缕，便会有所感慨，联想到造福于民的政治，联想到每个人都被教育感化得以健康成长成才的社会环境。

闲从世外观今古　为善最乐

懒向人间问是非　树德为先

【位置】

　　三甲西素心居正窨廊

【注释】

　　世外：超脱于人世之外。

　　树德：立德。

　　上联：闲暇时，假如你能超脱于世事之外，再看古今一些事、一些人的话，你会发现世界上只有多做善事才是最快乐的。

　　下联：人间是非你不必多去过问，应当首先端正自身，树立良好的道德形象，使自己成为高尚的人。

　　全联勉励子孙要修德行善，端正自身。

望远自开心　牢记脚踏实地

临高虽惬意　务须神志炯明

【注释】

　　临高：来到高处。

　　惬意：满意，称心。

　　此联位于恒贞堡二十八米高的堡墙之上。全联似实而虚，亦实亦虚，暗喻人生道路，是俗语又是警语。

　　上联：所谓心志远大还须脚步实在。

　　下联：虽达到一定高度，但要时刻保持神志清醒，以免惬意时失态失意。

福星高照　乐善人家多受纳
造化祐扶　耕读门第少有虞

【位置】

底甲西存礼堂清芬院前院正厅

【注释】

福星：象征能带来幸福、希望的人或事物。

受纳：满足了希望，得到了享受。

造化：谓天，创造化育之意。另指俗语所说
之福气。

祐扶：谓神明扶持护助。

门第：家世。一个家庭或家族的社会地位。
第，宅第，房宅。

虞：忧虑，虞诈。

全联意为：好善乐施的人家，其希望多能得
到满足。注重品德，以耕读为本的人家一般少有
忧虑忧患，而多能得到襄助，似有神明扶持。

寡欲清心　能含辛方为志士
宽宏大量　善忍让不是愚人

【位置】

三甲东存厚堂绿门院大门

【注释】

寡欲：节制欲望。

清心：心地恬静。

含辛：忍受辛苦。成语"含辛茹苦"之简用。

志士：有节操而又有远大志向者。

上联：凡能节制不正当欲望，心地恬静，而又能经得住苦难磨砺者，才能算作一个品格高尚而具有远大志向的人。

下联：对人宽厚宽容，心胸博大，忍让为先，不斤斤计较个人得失的人，并不愚昧。

藏书万卷 教子学孔孟之道
买地十亩 种松结梅竹为友

【位置】

底甲东澹宁院正窑廊

【注释】

全联表现了旧时耕读人家的高尚情操，买书藏书读书是为了教子孙钻研孔孟学说，立身成人；作为耕读人家，交朋友也要像松竹梅那样，任是岁寒，各有操守。

耕读渔樵 不要人夸好颜色
孝悌忠信 只留清气满乾坤

【位置】

二甲西三槐堂正厅

【注释】

耕读渔樵：旧时农耕社会中平常人的基本生活内容。对隐遁者来说，古人将此称为"四逸"。

孝悌忠信：封建伦理道德。尽心奉养并顺从父母为孝，善待兄长或兄弟相善为悌，赤诚而竭尽心力地待事待人为忠（尤其要忠于君王），诚实不疑、不欺骗为信。

全联以元代画家王冕题《墨梅图》诗的后两句为主旨，表现了古时平常人的高尚情操。王冕原诗为："我家洗砚池边树，朵朵花开淡墨痕，不要人夸好颜色，只留清气满乾坤。"

憨然一笑　思量锦上添花客
辗转三更　感激雪中送炭人

【位置】

二甲西司马第南厅

【注释】

憨然一笑：憨直、憨厚、似傻非傻地一笑。指颇有感慨而非真正带傻气的笑。

锦上添花：锦，有彩色花纹的丝织品。在锦上添花，比喻好上加好。

辗转三更：躺在床上翻来覆去，至夜半难以入睡。

雪中送炭：下雪天给人送炭取暖，比喻在别人急需时给予物质和精神上的帮助。

全联以"锦上添花"和"雪中送炭"两句成语感叹世态人情，流露着一种刻骨铭心的人生况味，并深盼天下人能在他人非常困难、急需帮助时伸出诚挚友谊之手，得助之人应牢记他人的雪中送炭之情并念念在心，懂得感恩。

雨洒花更艳 纳锦绣于天道
风清月常明 藏玄机于宿缘

【位置】
　　三甲西不陋居正厅

【注释】
　　纳：容纳，归纳。

　　锦绣：精美艳丽之丝织品，喻美好事物。

　　天道：中国古代哲学术语，指日月星辰等天体的运行规律、自然之理。

　　玄机：道家语，玄远深奥的道理、妙谛。

　　宿缘：佛家语，宿因，长久的，一向就有的因缘。

　　全联意为：像春雨使花儿更加明艳似的，许多美好的事物是包含在自然规律之中的；像清风会让月儿更加明亮那样，一些深奥的道理，常常就是固有的因果关系或缘分。

选董狐笔读史 鉴知古今事
嚼孔孟书问心 通晓天下情

【位置】

顶甲隐翠园正窑顶

【注释】

董狐笔：董狐，春秋时晋国史官，曾直笔记载赵盾弑晋灵公之事，孔子称他为古之良史。后世因称直笔记事、无所忌讳之文字为董狐笔。

嚼孔孟书：嚼，此处特指读书时细细地品嚼辨味。嚼孔孟书是说应当认真仔细地去读孔子、孟子等人的著述。

问心：反躬自问。

全联意为：要选类似董狐笔那样记述真实的史书去读，才能真正明白古今大事；只有细细品味孔孟等圣人的论著，并不断反躬自问，才会通晓世事人情。

心系故园 百年世事看前朝
汗滴禾下 千顷良田思后昆

【位置】

三甲西不陌居南厅

【注释】

故园：故里，故土，家乡。

前朝：前一代，过去的朝代。

后昆：后代子孙。

全联意为：牵系故土乡里时，一些人一些事会使你回首前朝，鉴古知今；在田间挥汗劳作时，脚下的土地会使你念及或虑及后辈，从而想象这片土地的未来。

百年世事　为赋新诗强说愁
一片刚肠　却道天凉好个秋

【位置】

顶甲兰桂园正窑廊

【注释】

百年世事：代指社会历史之大体。

一片刚肠：代指刚直不阿之人。

为赋新诗强说愁，却道天凉好个秋：引自宋人辛弃疾《丑奴儿》。原词为："少年不识愁滋味，爱上层楼；爱上层楼，为赋新诗强说愁。而今识尽愁滋味，欲说还休；欲说还休，却道天凉好个秋。"

全联意为：综观世情，多有为附和新声新贵而言不由衷者；但对历尽人间滋味的人来说，许多愁苦许多事已不愿再诉说了，而只以"天凉好个秋"之类的话来敷衍。此却为何？个中便有人生况味。

勤能补拙 课子课孙先课己
学可医愚 成仙成佛且成人

【位置】

　　三甲西素心居正窑顶

【注释】

　　课：以规定的内容和分量教授或学习；教导，教化。

　　仙：神话和某些宗教所谓的能长生不老或有特殊本领者。

　　佛：梵语"佛陀"音译的略称。佛教徒称修成佛道的人，有时特指佛教创立者释迦牟尼。

　　上联：要教育儿子孙子须先教育好自己，所谓先正其身，方能以身作则。这里的前提是要勤学，而不要担心自己拙笨。

　　下联：希望自己成仙成佛者还是要立足现实，先使自己成为一个优秀的人，有用的人。前提也是要认真学习，使自己不再愚昧。

春风温芳菲 人情冷暖迥异
秋月照落木 世态炎凉或同

【位置】

　　三甲西素心居后院门

【注释】

　　芳菲：芳香的花草，也泛指花草。

　　人情冷暖：人与人之间的情义随着地位高低的变化而冷热亲疏有别。无名氏《渔樵闲

话》："所言者世道兴衰，人情冷暖，所笑者附势趋时，阿谀诌佞。"

迥异：全然不同。

落木：落叶落花之通称。唐杜甫诗中有"无边落木萧萧下，不尽长江滚滚来"句。

世态炎凉：世俗情态，一些趋炎附势者对人凉热不同的态度。古诗中有"却是梅花无世态，隔墙分送一枝春"句。

全联感慨人情世态：虽春风吹拂，却如花草般，人们真正感受到的冷暖有所不同；可秋月普照下萧萧落木的苍凉凄切，给所有人相同的世态炎凉之感。

胸藏丘壑 瘠地亦有韵味诗味
兴寄烟霞 僻乡岂无花香墨香

【位置】

底甲东直方大正窑廊

【注释】

胸藏丘壑：喻人心思深远。

瘠地：不肥沃之土地。此处是谦称自己的家乡。

韵味：优雅、高雅之风味。

诗味：诗歌的意味、情味。

兴寄烟霞：将情趣意绪寄托于云霞缥缈的山水之间。

僻乡：偏远的山乡，此处亦是谦称自己所处之地是穷乡僻壤。

墨香：文字笔墨之清香。

上联：只要你意志深远，情调高雅，那就虽居贫瘠之地，也可以发现并感受到这里的诗情画意。

下联：当你的雅兴、情趣和深邃的意绪寄托于云霞缥缈的山水时，此地尽管是远乡僻野，也不可能没有花的芬芳和翰墨文字的馨香。

读春花秋月 常守道 目光清净
喜淡饭布衣 不欺天 心地泰然

【位置】

三甲东存厚堂绿门院正厅

【注释】

守道：守理，守德，守义。

布衣：粗布衣裳；另为旧时平民的别称。

不欺天：即不欺人、不欺世，也不自欺。

全联意为：品读美丽的春花秋月美景，像它们一样遵从自然规律，保持品格道义，这样便两眼清净，不屑狗鼠之扰；乐于粗茶淡饭的平民生活，不欺人、不欺世，也不自欺，这样便心地太平，多无仇隙之忧。

映雪囊萤 读书应晓先忧后乐
披星戴月 创业当须务本求实

【位置】

二甲东谦吉居正窑廊

【注释】

映雪囊萤：映雪，晋朝孙康，家贫，

无油灯，冬天下雪时，他也要到户外，借雪的反光读书。囊萤，晋朝人车胤亦家贫，夏夜读书，常将萤火虫捉来一些装入纱袋，以借其光。此处以古人刻苦读书之典故，鼓励今人努力读书学习。

先忧后乐：宋人范仲淹《岳阳楼记》中"先天下之忧而忧，后天下之乐而乐"句意。

全联意为：无论你怎样刻苦读书，都应该晓得"先天下之忧而忧，后天下之乐而乐"的道理；而早出晚归地艰苦创业，更必须实事求是，专力于根本之道。

但有鸿鹄之志 何须悬梁刺股
能除蜮魅之心 庶可向善修德

【位置】

二甲西贻榖斋正厅

【注释】

鸿鹄之志：鸿鹄，即鹄，天鹅，是飞得又高又远的鸟。鸿鹄之志，比喻远大志向。

悬梁刺股：头悬梁，锥刺股，言古人刻苦读书。晋朝人孙敬，读书至深夜，为防止打瞌睡，将头发用绳索拴在屋梁上用以拽醒自己。战国时苏秦，夜读打瞌睡时自己用锥子刺大腿以保持清醒。《三字经》中以此为自觉地勤学苦读之典范而勉励后人。

蜮（yù）魅之心：蜮，传说中躲在水里能暗暗地含沙射人的动物。魅，传说中在深山老林里的鬼怪。蜮魅之心，喻或明或暗的害人之心。

　　庶：差不多。表示可能或期望。

　　上联：具有远大理想志向，能够勤学苦读的人，也不一定非要头悬梁、锥刺股不可。

　　下联：只有心地光明纯净，去除一切邪思杂念，才有可能真正去做善事，成为有高尚道德的人。

老院蕴深味　谁言小邑可无视
新音含壮怀　敢唱大风在世间

【位置】

　　底甲东直方大正窑顶

【注释】

　　老院：指王家大院。

　　小邑：谦指灵石县。

　　新音：新的气象见闻和各种表达新事物、新潮流的语言文字音律等。

　　壮怀：豪壮的胸襟情怀。

　　大风：汉高祖刘邦有《大风歌》传世，此处借"大风"二字，泛指大志向、大手笔、大展宏图之意。

　　此联意在表现灵石人民豪阔自信和不甘平凡的胸襟与志向。远方客人多想不到这样的僻野山乡竟还有如此气势宏大、蕴涵丰富的传统民居，道是小县不可小视；而目下小县，一定还有新的理想，其宏图大志，还要以不同凡俗的大手笔展现在世人面前。

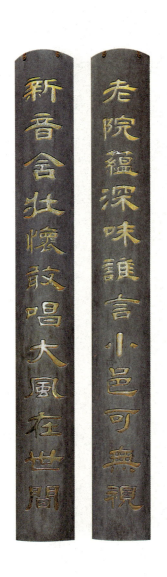

天何言哉 四时行而日月光亮
地不语矣 万物生而江河奔流

【位置】

底甲西存礼堂清芬院正窑廊

【注释】

全联在理性地感慨，不言不语的长天大地，是何等的坦然大度而又伟大——任春夏秋冬运转，任日月星辰生辉，任万物生生不息，任江河日夜流淌。作为天地之间的高等动物——人，我们该从中感悟出点儿什么呢？

尝读诸葛出师表 寻梦挥戈报国
转忆陶潜归去来 品思种豆南山

【位置】

底甲西静思斋正窑廊

【注释】

尝：曾经。

诸葛：即诸葛亮。三国时蜀汉政治家、军事家。

出师表：表，奏章。出师表即诸葛亮为征讨事给蜀后主刘禅的奏章，有《前出师表》《后出师表》。

寻梦：向往，憧憬。

挥戈报国：壮怀激烈的报国之情之志。挥戈，挥动刀枪。

陶潜：即陶渊明，东晋大诗人。

归去来：陶渊明有《归去来兮辞》传世。

品思种豆南山：品思，品味思索。陶渊明诗《归园田居·其三》名句："种豆南山下，草盛豆苗稀。"

该联表现了一个读书人深层次的人生思考，才因诸葛亮的《出师表》产生了慷慨激昂的报国之志，却又因读陶渊明作品产生了归隐田园的避世之思。

忆先祖粗糠敝屣 不忘扶困襄弱
期后昆宝马香车 犹须澡心浴德

【位置】

二甲西三槐堂正窑廊

【注释】

敝屣：原指破旧的鞋，此处比喻没有好的穿戴。

襄：帮助，相助。

后昆：后代子孙。

宝马香车：骏马与华丽之车，是富贵人家出行的排场。这里泛指家业昌盛。

澡心浴德：反省自己，砥砺前行，使自己心灵纯洁，不染污浊，具有高尚道德。

上联：忆先祖，虽衣食艰难仍要扶持、帮助生活困难的老少弱小者。

下联：盼后辈在过上荣华富贵的日子后，仍要不断克己自省，提高人格品位。

仁者寿 智者乐 谈笑宦途看世事
日生辉 月生情 运行天道陈流年

【位置】

二甲西贻毂斋大门

【注释】

仁者寿，智者乐：语出《论语·雍也》：
"知者乐水，仁者乐山。知者动，仁者静，
知者乐，仁者寿。"仁者寿，道德高尚、宽
厚善良者，其生命力也较强。智者乐，言有
才识者善悟明事理而心胸坦荡开阔。

宦途：官宦登进之路。

天道：天理，自然之理，天体运行的规
律，古代哲学术语。

陈流年：陈，陈布、陈列。流年，指光
阴岁月，似水流年。

全联意为：心怀宽厚、见多识广的仁者
智者，以其阅尽人间的慧眼，看待人世沉
浮、世事变迁，就像看待太阳、月亮以其自
然规律运行不息。

居家莫贪厚味 粗茶淡饭养真元
处事须顾常情 好雨和风涵善心

【位置】

顶甲童心园正窑廊

【注释】

厚味：膏脂美食。

真元：即真元之气。中国哲学术语，产生和构成天地万物的原始物质，或阴阳二气未分的实体。

本联深入浅出地告诫人们，要在粗茶淡饭的平民生活中调养自己的正心静气；待人处世要像和风细雨润万物那样，善心永存，顾及世间常情。

砺志扶犁耕地　但下种多有收获
闲来把卷问天　虽深居不为井蛙

【位置】

二甲东缥缃居正窑廊

【注释】

砺志：磨砺心志，树立信心。

把卷：展卷在手，读书。

问天：读书时结合实际思索，在天宇、天道、天物等更大的时空内质问、解疑。

全联表现了耕读人家的一种思绪。

上联：以勤劳求生存之信念，只要努力耕耘便有收获。

下联：精神境界之开拓，只需得闲读书，求得更多知识，明白更多事理，则虽深居简出，亦能通晓天下，而不为井底之蛙。

敬其所尊　爱其所亲　人间自有其道
明其所信　究其所问　事理疑无其倾

【位置】

底甲西存礼堂清芬院大门

【注释】

道：理，法，道德义理。

信：此处指信仰、信条、信念之信。

疑：恐也。倾：倾向，趋向，偏颇。

全联意为：尊敬你应该尊敬的人，爱护你应该爱护的人，这是人世间正常的理法；明白心中之所信，探究还不明白的问题，这样所表达之事理，就不大会有所偏颇。

晨兴理荒秽 心远地偏 聊寄武陵意
戴月荷锄归 夕露沾衣 顿生桃源情

【位置】

三甲东存厚堂绿门院正窑廊

【注释】

晨兴理荒秽，戴月荷（hè）锄归：陶渊明《归园田居·其三》中有"晨兴理荒秽，带月荷锄归"之句。

心远地偏：陶渊明诗《饮酒·其五》中"心远地自偏"句意。

武陵：陶渊明《桃花源记》中所述之武陵人。武陵，古郡名，在今湖南常德市境内。

夕露沾衣：陶渊明《归园田居·其三》"夕露沾我衣"句意。

桃源：即陶渊明笔下的桃花源。

全联以陶渊明诗文原句和句意，表现了一种浓厚的隐逸生活、田园生活的情趣，其中有追求理想社会的思想，也有逃避现实的倾向。

上联：早上起来清除田地中的杂草，由于从心里已远离官场、远离闹市，姑且就像武陵人那样生活吧！

下联：晚上扛着锄头披着月光回来，露水沾湿了衣裤，又让人立时生发出了置身于桃花源的情致。

穷不悖义 达不离道 惟盼箕风毕雨
乐极生悲 否极泰来 但思皓月冰心

【位置】

二甲西司马第正窑廊

【注释】

穷不悖义：取《孟子·尽心上》"穷不失义，达不离道"句而略变。谓人在贫穷困顿时也不能违背常理，言行仍应和善得宜。悖，相反，抵触，不合道理。

达不离道：纵然飞黄腾达，有了显赫地位，也不能丧失道德道义，不讲道理。达，显贵。

箕风毕雨：箕、毕，古代星象名，又以星为民象，言人之好恶不同，遂以箕风毕雨表顺乎民情之意。

否极泰来：凡事物发展到极点，就向相反的一面转化。否极泰来指情况从极坏转化为好。否（pǐ）、泰，《周易》中的两个卦名。否为失利，坏的卦；泰为顺利，好的卦。

皓月冰心：像洁白明亮的月亮那样光明磊落、像冰一样清纯净洁的心地。借喻人品高尚。皓月，明亮的月亮。

上联：无论贫富贵贱皆不能背离道义，而应顺乎民情，合乎常理。并努力做到"穷则独善其身，达则兼济天下"。

下联：事物转化规律告诉我们，人生命运不论如何变化，都要力求注重并提高自己

的人格道德形象。

善行孝义 不欺天 不欺人 不欺自己
无忘仁慈 须顾礼 须顾信 须顾先德

【位置】

　　三甲东存厚堂松竹院正窑廊

【注释】

　　孝义：孝行义举之谓。孝，善待父母长
辈。义，主持正义，行事得宜，公正慷慨，乐
善好施。

　　仁慈：宽厚慈善，道德高尚。

　　上联：要很好地孝敬父母，办事要主持正
义，不要自欺欺人。

　　下联：希望人们要讲究仁爱、宽恕，要具
有高尚道德，办事待人要讲究礼貌礼仪，要言
而有信，要顾及先祖先辈之道德名声，不要辱
没家风。

村闾黎庶 多厌恶城狐社鼠红尘罩
老院古宅 最恩怀海晏河清紫气来

【位置】

　　二甲东德馨轩正窑廊

【注释】

　　村闾黎庶：乡间百姓。

　　城狐社鼠：语出《晋书·谢鲲传》。指城
墙洞里或城隍庙里的狐狸和土地庙或其他社庙
里的鼠类。人们捕狐狸恐坏了城墙或扰乱庙

神，打老鼠怕伤害社神。比喻很难消除的那些仗权势为非作歹之人。

红尘：指人世间。

老院古宅：此处泛指百姓人家。

恩怀：对某种恩德、恩惠的怀念。

海晏河清：晏，平静。河，指黄河。海不扬波，黄河变清，比喻天下太平。

上联：黎民百姓十分厌恶城狐社鼠之类的坏人，可人世间的坏人却常常炙手可热，笼罩在人们头上。

下联：百姓人家最怀念国泰民安的美好日子，常常盼望天下太平，紫气东来。

得山水清气　犹闻松涛阵阵抒壮志
共风云骋游　似望海浪滚滚豁心胸

【位置】

三甲西槐庭正窑廊

【注释】

清气：清正清新之气流。

骋游：敞开心地耳目，海阔天空之神游。

全联表现了主人在其"自一山川"的居住环境中所特有的惬意生活，展现出王家兴盛时期家族子弟的博大胸怀。

有容乃大　怡江河曲曲弯弯流千古
无欲则刚　看日月平平仄仄历四时

【位置】

三甲西不陋居正窑廊

【注释】

有容乃大，无欲则刚：取林则徐"海纳百川，有容乃大；壁立千仞，无欲则刚"句。

怡：怡愉，快慰。

平平仄仄：字音之一、二声为平声，三、四声为仄声，因平仄而构成诗词之韵律。平平仄仄在此为信步悠闲、紧慢从容之意。

全联意为：大江大河虽曲曲弯弯却奔流千载，是因其从来有容有纳；日月星辰之所以千年如一、悠闲自如地运转并形成春夏秋冬，是因为它们全然无私无欲。

全联以江河日月运行自然之理，启人宽厚、宽容，宽以待人，并教导人们要刚正不阿，力除邪念。

（以上由温暖补撰并注释）

六百年诗礼传家 令天下豪门望族失颜色
三千间琼楼遗世 为华夏民居宝库铸辉煌

【款识】

时在庚辰桃月上浣　耿彦波撰联　雍阳刘炳森书

【位置】

北堡墙中亭

【注释】

作者：耿彦波，1958年11月生，山西和顺人。时任灵石县人民政府县长，后迁晋中市委常委兼榆次区委书记，大同市市长，太原市市长，现任山西省人民政府参事。

刘炳森（1937—2005），天津武清人。时任中国书法家协会副主席。曾任故宫博物院研究员、中国文联副主席。

六百年：指静升王氏自元至今六百九十九年的历史，六百年为概数，言其年代久远。

失颜色：羞愧，吃惊。

三千间琼楼：三千，言其多，非实数。琼楼，形容富丽堂皇的建筑物，常用以指仙界楼台或月宫。

华夏：孔颖达《春秋左传正义》："中国有礼仪之大，故称夏，有服章之美，谓之华，华夏一也。"华夏，原指我国中原地区，后又包括中国全部领土。因此，华夏也是中国的古称。

铸辉煌：铸，建造。辉煌，光辉灿烂。此处喻王家大院建筑，为华夏民居艺术宝库增添了光辉。

全联表达了对王家大院传承有绪的家风和美轮美奂的古民居建筑的赞美之情。

（此联由仇晓风注释）

104

中华王氏博物馆楹联

第一节　选补楹联

五千年文化缩影
百卅代世泽楷模

【位置】

　　恒贞堡三甲东存厚堂松竹院正窑顶

【注释】

　　卅：三十。

　　世泽：谓祖宗余荫恩德润泽于后世者。

　　全联溢美王氏家族文化可为中华五千年文化之缩影，因传袭一百三十余代，各代多有杰出人物恩泽于后世，故堪称世人楷模。

阳明学术
逸少风流

【注释】

　　阳明：明代哲学家、教育家王守仁（1472—1529），字伯安，余姚（今属浙江）人。尝

筑室故乡阳明洞中，世称阳明先生。曾任南京兵部尚书。主张"知行合一""知行并进"；反对程朱学派的"知先行后"。其学说以"反教条""反传统"的姿态出现，在明代中期以后影响极大。其著作由后人编为《王文成公全书》，其中哲学上最重要的是《传习录》和《大学问》。

逸少：东晋书法家王羲之（307—365或321—379），字逸少，琅琊临沂（今属山东）人，官至右军将军，人称王右军。定居会稽山阴（今浙江绍兴）。其书雄强多变，为历代学书者崇尚，影响极大，有"书圣"之称。

全联直言夸耀王氏先贤中两位有代表性的杰出人物。上联言明代王阳明学术的影响深远。下联指东晋王羲之独领风骚的书法被历代崇尚。

万古传贤　安石经纶新建学
千秋称圣　辋川山水右军书

【位置】
　　恒贞堡三甲东存厚堂绿门院正厅后
【注释】
　　万古传贤：万古千秋被传颂为贤人。
　　安石：宰相王安石（1021—1086），宋代政治家、文学家、思想家。
　　经纶：本谓整理蚕丝，今喻政治规划、处理国家大事。也泛指政治才能。

新建学：新建，明代哲学家、教育家王守仁（王阳明）。曾被封"新建伯"。新建学指其影响深远的学问。

千秋称圣：千秋万代被称颂为圣贤。

辋（wǎng）川山水：辋川，即唐代诗人、画家王维（701—761），字摩诘，本太原祁（今山西祁县）人，自其父迁居蒲州（今山西永济）。开元进士，官至尚书右丞，世称王右丞。中年后居蓝田辋川。其山水诗最为后世称道，绘画艺术亦极见功力，北宋苏轼称他"诗中有画，画中有诗"。因曾绘《辋川图》，且居辋川而又擅长山水诗画，故此处以"辋川山水"指王维的画。

右军书：右军，即东晋书法家王羲之，因官至右军将军，人称王右军。右军书即王右军古今称颂的书法。

全联宣扬王氏先贤之杰出者。上联言王安石的满腹经纶和王守仁的学识渊博。下联言王维山水诗画的光照百代和王羲之书法的辉耀古今。

辅国有先声 宋相元藩明督抚
传家无别业 唐诗晋字汉文章

【位置】

恒贞堡三甲东存厚堂绿门院正厅内

【注释】

辅国：辅佐国事。古代辅助帝王治国的官员。

先声：先世已经有了的声望、声誉。

宋相：宋朝的宰相。此处特指王安石，字介甫，号半山，今江西人，进士，北宋政治家、文学家、思想家。宋神宗时官至宰相，曾推行新法，封荆国公。诗文俱佳，为唐宋八大家之一。

元藩：藩，封建王朝分封的属地或属国。此处特指元代曾被封为河南王、总天下兵马，后被明太祖朱元璋褒称为"奇男子"的王保保（沈丘人，今属河南）。

明督抚：督抚，总督巡抚，古代封疆大吏或朝廷高级命官。此处特指明代哲学家、文学家王廷相，字子衡，号浚川，仪封（今河南兰考）人，进士，曾任四川巡抚，官至南京兵部尚书，著有《雅述》《慎言》等。

　　唐诗：中国历史上有显著地位的唐代诗歌。此处暗指唐代著名诗人王勃、王维、王之涣、王昌龄等王氏人物。

　　晋字：晋代书法。此处暗指东晋书法家王羲之、王献之父子。

　　汉文章：汉代的文章。此处暗指东汉哲学家王充，字仲任，上虞（今属浙江）人。少游洛阳太学，博览群书而不拘泥章句。历任郡功曹、治中等官。后罢职家居，从事著述，发展了古代唯物主义，著有《论衡》。

　　此联原为湖南邵阳蒋河桥王氏宗祠联。上联言王家历代人物有治国安邦之才。下联以历史上有显著地位的"唐诗晋字汉文章"暗喻王氏家族之历代文化精英，激励人们诗礼传家，注重文化教育。

（以上选用古联，由温暖注释）

第二节　撰补楹联

德高言乃立
义在利始长

【注释】

　　德：道德，好的品行。

　　乃：才，于是。

　　义：正确而又合宜的道理或举动，泛指道德规范或合乎道德规范的行为。

　　本联启示人们要具有高尚道德，主持正义，或有所义行、义举。上联言只有道德高尚，其言其论才会成立，令人信服。下联言唯主持正义、公道正派，或有义行义举者，才会利己利人，有更长远的利益。

经世留清飙　泰岱气度
治家戒侈耗　梅竹情操

【位置】

　　恒贞堡二甲西三槐堂正窑顶

【注释】

　　经世：经历世事，处理世事。

　　清飙：清风。

　　泰岱：泰，泰山。岱，岱岳，岱宗，皆为泰山别称。

　　侈耗：奢侈耗费。

　　情操：由感情和思想信念所形成的比较稳定的理性精神和主流意识。

　　上联言人生在世，历世、处世，最终应留以清风高标，要有东岳泰山那样仰不愧天的气度。

　　下联言治理家务须力戒奢侈浪费、无度挥霍。这方面要具有像梅花那样无意争春、迎冰雪开放、零落成泥香如故和竹子那样天生有节、不流凡俗、千磨万击还坚劲的高尚情操。

贬谪无妨称宗祖
直谏有道便列仙

【位置】

　　恒贞堡三甲东存厚堂松竹院正厅屏

风

【注释】

本联为太原王氏宗祖王子乔图像简要地作了注释。

据《百家姓书库·王》载：周灵王生二子，长子、太子姬晋（前565—前549年）15岁即辅佐父王治理国事。周灵王二十二年（前550年），首都洛邑附近河水暴涨，危及王宫。周灵王降旨堵壅，太子晋以为这样有损于农，力陈不可，而主张效法大禹治水，因势利导，于是因直谏而被贬为庶人，以致17岁便赍志而终。灵王崩后，次子姬贵继位。曾任王室司徒的太子晋的嗣子宗敬，因战乱频仍，周室衰微，而引退避居太原。因宗敬是王室嫡传后裔，当地人称之为"王家"，宗敬遂以王为姓，尊其父姬晋（王子乔）为宗祖，后人又尊宗敬为始祖。

但由于王子乔与古代神话人物王子乔名字相同，致以讹传讹，使二者渐渐混为一谈。据上海辞书出版社1999年版《辞海》，王子乔，神话人物。一说名晋，字子晋。相传为周灵王太子，喜吹笙作凤凰鸣声，后被浮丘公引往嵩山修炼。三十余年后，在缑氏山顶上，向世人挥手告别，升天而去。故有'王子登仙'的传说。事见《列仙传》。

全联概括以上记述，上联言其遭贬和被尊为宗祖的事实。下联结合神话传说表达了平民心愿，即如此以民为本，直谏有道者，纵不为人世所容，最终也会升天成仙。

姓氏贯天地三千载
家声传道德六百年

【位置】

恒贞堡三甲东存厚堂景薰书院正窑顶

【注释】

姓氏：表明个人所生家族之符号。姓起于女系，氏起于男系；其后社会渐以男子为主体，姓改从男，氏则有时反为表达女子家族之用。顾炎武《日知录》卷二十三"氏族"："姓氏之称，自太史公始混而为一。"

姓氏合称，仍为姓之义。

贯天地：喻"王"字之释义。西汉儒学大师董仲舒："古之造文者，三画而连其中，谓之王。三画者，天、地与人也。而连其中者，通其道也。取天、地与人之中以为贯而叁通之，非王者孰能当是？"

三千载：指王子乔出生至今，或太原王氏有史以来的近三千年间。

家声：家庭、家族之声望、声誉。

道德：社会意识形态之一，调整人与人之间及个人同社会之间关系的行为规范的总和。以善和恶、正义和非正义、公正与偏私、诚实和虚伪等评价人的行为，通过教育和舆论，使人们逐渐形成的一定的信念、习惯和传统。此处指王氏家族历久以来世代相传的合于伦理的行为。

六百年：指静升王氏从元代皇庆年间至今的六百多年。

全联宣扬王氏家族之悠久历史和道德声望。上联喻太原王氏，下联言静升王氏。

忍而和　齐家善策
勤与俭　创业良图

【位置】

恒贞堡二甲西贻縠斋正窑顶

【注释】

忍：忍让，包容。

齐家：治理家庭，料理家政。

善策：良好的、高明的主意、策谋。

良图：良好的、从长计议的企图或谋略谋划。

本联授人以家庭生活和事业前途等方面的基本态度和行为。

上联：治理家庭、理顺关系，最好的办法只能是有所忍耐，甚至忍辱负重，和蔼和善地亲睦相处，才能气氛祥和，并做到家和万事兴。

下联：开创家业、创建事业，最基本的条件和最好的途径是自己一定要勤学、勤劳、勤奋和做到俭省节约，不尚奢靡。

善本孤本　福荫万树　怡百世宗亲可续
源流支流　沃土八方　感千秋部落牵缘

【位置】

恒贞堡三甲东存厚堂绿门院之藏谱阁

【注释】

善本：谓书籍因精印、精刻、精抄、精校而难得者。

孤本：指流传至今唯此一本的古旧书籍。

福荫：以吉祥、富贵、寿考等福气荫庇、佑助后人。

怡：怡愉，使舒畅快乐。

宗亲：同宗之亲，犹家族。

沃土：本言肥沃之土地，此处指本宗族之源流支流皆兴旺兴盛。

部落：本原始社会中几个相互通婚氏族的联合组织，通常有其地域、名称、方言、习俗。此处代指同宗家族因年代久远散居各地者。

牵缘：因宗亲之情愫、缘分、缘由而牵挂、牵念、牵连。

上联：一本本难得的家谱，佑助千万支同宗后人，使他们纵然因世久而疏远，但仍可愉悦地将宗亲脉络续连在一起。

下联：本宗族源流支流兴盛在四面八方之土地上，由家谱而得知其所在并心有牵系，不能不令人思及古今而有所感念感慨。

富贵须自守　虽高不危　虽满不溢
德才无他长　有功勿伐　有能勿矜

【位置】

　　恒贞堡三甲东存厚堂景薰书院正窑廊

【注释】

　　富贵：财力雄厚而又显达高贵。

　　自守：自觉自持自重自制，使自己日常言行合乎道德规范，得体有度。

　　虽高不危：虽高官厚禄、高居人上，而自己不会有不安全感。

　　虽满不溢：虽家财满贯，却不挥霍奢侈，不夸耀自己。

　　德才：道德和才能。

　　无他长：没有什么比他人更多的长处。

　　有功勿伐：伐，自夸。有功劳不自夸。

　　有能勿矜：矜，自大。有才能不自大。

　　全联表达了一个人、一个家族应有的基本操守。

　　上联：生活富裕、地位高贵之后更须自觉地遵守道德规范、王法条律，而不能得意忘形，任性所为，以致给他人给自己都带来不安全感。

　　下联：有德者有才者千万不要骄傲自大，不要夸耀自己的功劳和能力。

反己修齐 学圣贤立身在我

由人毁誉 看天地何所不容

【注释】

反己：反省自己。

修齐：修身，齐家。

立身：指建功立业。

由人毁誉：任人贬损或赞誉。

此联说的是一个人应有的修养和胸怀。

上联：要立身在世，修身齐家，甚至做一番治国平天下之大业，就必须不断反省自己的言行，学习圣贤的高风亮节。

下联：不论别人怎样贬抑自己，溢美自己，自己都要有高天大地那样的胸怀，什么都能容得下来。

自古英贤多王氏 精魂于此可见

而今骄子继前贤 形象自应归来

【注释】

上联：自古贤良英杰颇多王氏人物，其精神气象自应在这王氏博物馆看到。

下联：当今王氏后裔也应承继前贤，将其高大形象和丰功伟绩归集于此，体现继往开来。

（以上由温暖补撰并注释）

力群美术馆楹联

灵石才隽 名扬华夏
力群丹青 美誉画坛

【款识】

李才旺撰联并书于晋阳

【位置】

恒贞堡二甲东缥缃居正厅

【注释】

作者：李才旺（1943—2018），山西壶关人，曾任中共山西省委副秘书长等职。中国作家协会会员，中国书法家协会会员，中国美术家协会会员。

全联意为：灵石县才华俊秀者首推力群，其丹青木刻版画誉满画界，名扬天下。

铁笔铸匠心 风格独具
丹青写精神 韵味无穷

【款识】

乙酉秋月　赵望进撰并书

恒贞堡二甲东谦吉居南厅

【注释】

作者：赵望进，1940年生，山西临猗人。中国书法家协会理事，中国书法家协会培训中心教授，山西省书法家协会名誉副主席。

上联：刻刀铁笔成就力群的版画风格，匠心独具。

下联：绘画丹青韵味十足，写出力群的精神魅力无穷无尽。

艺声兰葱馨声远
笔花飞舞墨花香

【位置】

馆藏

【款识】

赵长秋敬书

【注释】

上联：艺术家的声望如兰草四时青翠，香飘远方。

下联：铁笔刻木板，木花飞飘，墨拓画板，墨香浓郁。

（以上由张佰仟注释）

116

崇宁堡建筑群楹联

崇仁崇礼 坦荡耕读 放眼四海阔
宁静宁和 坚贞励志 开怀三光明

【位置】

　　堡门前

【注释】

　　四海：指天下。《汉书·高祖本纪》："天子以四海为家。"

　　三光：指日、月、星。《白虎通·封公侯》："天有三光，日、月、星。"

　　全联意为：崇宁堡为王家大院诸堡中地理位置最高者，全联以"崇宁"二字藏头，展示主人似随意间在堡门前坦荡四顾时，因自身崇尚礼教、耕读传家、心态平和、坚定向上，只觉得面前天广地阔，未来一片光明。

古镇古堡 融融乐乐 味及古今事
新颜新风 跃跃熙熙 吟念乡土情

【位置】

　　堡门后

【注释】

　　古镇古堡：古镇，即山西省灵石县静升镇。2003年10月9日中华人民共和国建设部和国家文物局联合公布了首批"中国历史文化名镇"名单，静升镇名列榜首。该镇仅古堡就达23座之多，初建于清朝雍正年间的王家大院崇宁堡为其中之一。

全联意为：随着王家大院及静升古镇保护开发工作的进展，古堡古院再焕新颜，无论本土或外地游客至此，熙熙攘攘中，品味古今，念及乡情，频生感慨，却也其乐融融。

宾朋五湖四海 乘兴三晋 每逢胜迹美景
古堡百代千秋 誉隆九州 多顺天时人心

【位置】

接待厅

【注释】

三晋：山西省的别称。春秋末，晋国分为韩、赵、魏三国，故历史上称之为三晋。

九州：指全中国。传说中我国上古行政区划，起源于春秋战国时期，说法不一。有冀州、兖州、青州、徐州、扬州、荆州、豫州、梁州、雍州之说。有的则言有幽州、营州，而无青州、梁州。

全联意为：天下宾朋游山西，美景处处有；古镇古堡王家大院享誉海内外，是因历史文化底蕴厚重，占尽天时、地利、人和。

惩邪恶 静观红尘老院
导善良 扶佑素面苍生

【位置】

真武阁

【注释】

红尘：指人世间。《红楼梦》中有句云："被那茫茫大士渺渺真人携入红尘。"

118

素面苍生：指无爵位、无官职的普通百姓。

崇宁堡有"真武阁"。真武即玄武，古人奉为北方之神，道家奉为真武大帝。全联借此表达民意：既为神，又或享供香火，就应主持正义，向善惩恶，扶护普通百姓，使其安居乐业。

十年尘梦三碗酒
百代世风一壶茶

【位置】

茶舍

【注释】

全联意为：人生如梦，数十年一瞬，或坎坎坷坷，或平平常常，或轰轰烈烈，然仔细思量，也不过几碗美酒或一杯清茶，苦辣清香，尽在其中。联中数字是泛指，非实写。

酒为朋友欢聚
茶因同道畅言

【位置】

茶舍

【注释】

同道：志同道合者。

畅言：心无芥蒂，畅所欲言。

茶中真味品世相
壶内香茗煮人生

【位置】

茶舍

【注释】

世相：世态世貌，人类社会的各种现象。

香茗：香茶。

从茶道中明天道

在点心内品人心

【位置】

茶舍

【注释】

天道：天地间的一切自然物质与自然变化规律。

迎茶客 茶礼茶艺

品茶食 茶思茶情

【位置】

茶舍

【注释】

上联：茶馆迎客，既要热情，更要有精到的茶礼茶艺。

下联：茶客品茶品点，得天地之精华，思人生之百味。

杯中乾坤大

茶里世故深

【位置】

茶舍

【注释】

乾坤：《周易》中的两个卦名，指阴阳两种对立势力。阳性的势力叫作乾，乾之象为天；阴性的势力叫作坤，坤之象为地。《易传》认为乾的作用在使万物发生，"大哉乾元，万物资始，乃统天"（《易·乾·彖辞》）；坤的作用在使万物成长，"至哉坤元，万物资生，乃顺承天"（《易·坤·彖辞》）。乾坤引申为天地、日月、男女、世界等的代称。

世故：世间的一切事理人情。待人处世之圆通周到。

大德大福 小德小福 德在养
宏道宏步 微道微步 道须修

【位置】

洪福院

【注释】

德：道德，品德。《易·乾·文言》："君子进德修业。"

道：一定的人生观、世界观、政治主张或思想体系。《论语·公冶长》："道不行，乘桴浮于海。"又《论语·卫灵公》："道不同，不相为谋。"

道、德二字每相连，在中国哲学史上，指"道"与"德"的关系，是依靠社会舆论和人内心信念来维持的、调整人们相互关系的行为规范之总和。

全联意为：道德在先，福分在后，勉励人以德修福。

福地多福音 福星高照
福人有福相 福寿俱增

【位置】

洪福院

【注释】

福音：好消息。

福星：象征能带来幸福、希望的人或事物。

全联表达了一种传统的福文化心理。

苦甜每互临 期吾辈应不畏苦

福祸常相依 问世人何者为福

【位置】

洪福院

【注释】

期：希望，期望。

福祸常相依：《老子》"祸兮福所倚，福兮祸所伏"句意。

全联意为：苦、乐、祸、福常常相伴，这是一般规律。世上没有绝对的幸福，我等只能是不畏艰苦永远向前。

多子多福 原在儿孙成器

聚德聚善 定然后辈荣华

【位置】

洪福院

【注释】

全联意为：多子多福是建立在子孙后代有才干、有成就基础上的，作为长辈只要正身树德、多行善事，为后人树立榜样，子孙定能光宗耀祖、富贵荣华。

日月恩光照

乾坤福气多

【位置】

洪福院

【注释】

全联意为：人类在天地日月的光照下才得以生存，才可以追求幸福。故感恩大自然，和大自然和谐相处，不断提高文明程度，是每个人应有的理念。

禄高寿高　三生有幸
命大福大　一世无虞

【位置】

增禄院

【注释】

禄：古代官吏的俸给，如俸禄、食禄、高官厚禄。《左传·僖公二十四年》："介之推不言禄，禄亦弗及。"

三生有幸：表示难得的好运气。佛教称前生、今生和来生为三生。

命：生命，天命，先天自然的禀赋。

虞：忧虑。

高德高风　天赐高寿
大义大器　人尊大贤

【位置】

益寿院

【注释】

风：教化，气韵，风范，风骨，风度。

义：事之宜，正理、正义、正道。善行济众。《礼记·中庸》："义者宜也。"韩愈《原道》："行而宜之之谓义。"《孟子·告子上》："舍生而取义者也。"

器：才能，气量，气度。《论语·八佾》："管仲之器小哉！"

全联意为：道德高尚，气量宽厚，才能卓越，方是人人尊重的贤达之士；这样的人天赐高寿，既是可见之一般规律，也是人们的愿望。

财源财运 首在一身正气

禄位禄尊 常须两袖清风

【位置】

增禄院

【注释】

财：金钱物质的总称。《荀子·成相》："务本节用财无极。"

全联意为：金钱物质之享用，官禄地位之尊贵，最根本之正源，只能是自己的一身正气。要两袖清风，只为民，无贪求。

名节泰山重 岂敢轻视

利禄鸿毛轻 多须慎行

【位置】

增禄院

【注释】

名节：名誉和节操。欧阳修《朋党论》："所守者道义，所行者忠信，所惜者名节。"

薄薪者任事以敬

厚禄者持己以廉

【位置】

增禄院

【注释】

薪：薪水，古时所付之工资。意谓柴水等生活必需费用。

全联意为：即使俸禄待遇一时低薄，也应尽心尽力，不能玩忽职守；而高官厚禄者更须严于律己廉洁奉公。

禄厚禄馨禄运久

福天福地福无边

【位置】

增禄院

【注释】

馨：比喻好声誉。《晋书·苻坚载记》："垂馨千祀。"

仁者寿 善者寿 仁善者长命百岁

勤者康 劳者康 勤劳者裕如千年

【位置】

益寿院

【注释】

仁：同情，友爱，指人与人相互友爱亲善。孔子言"仁"，以"爱人"为核心，包括恭、宽、信、敏、惠、智、勇、忠、恕、孝、悌等内容，而且以"己所不欲，勿施于人"和"己欲立而立人，己欲达而达人"为行为准则。《庄子·天地》："爱人利物之谓仁。"

裕如：丰足，宽裕从容。

喜喜欢欢 国泰民安日

甜甜蜜蜜 年丰人寿时

【位置】

益寿院

【注释】

全联意为：国泰民安、年丰人寿之时，家家户户欢天喜地，男男女女甜蜜有加。

无欲积高寿
有福种书田

【位置】

益寿院

【注释】

无欲：没有不正当的欲望。不存贪欲。

种书田：指读书学习。

双喜门第 四季花长好
百年凤鸾 千秋月永圆

【位置】

喜庆院

【注释】

凤鸾：凤，凤凰之简称，传说中的瑞鸟，百鸟之王；雄者凤，雌者凰，通称为凤或凤凰。鸾，传说中凤凰一类的鸟。《广雅·释鸟》："鸾鸟……凤凰属也。"《山海经·西山经》："西南三百里曰女床之山……有鸟焉，其状如翟（dí）而五采文，名曰鸾鸟，见则天下安宁。"凤鸾，即鸾凤，比喻和善贤俊之夫妻。

福洪因德厚
财聚比春荣

【位置】

聚财院

【注释】

全联意为：洪福齐天是因道德高尚厚重，财物广聚或如春天之荣华。然春夏秋冬四季年年变化，所聚之财也可能有所移或变故，德厚重

126

于春荣!

临财廉而取于义
见利让而得于仁

【位置】

聚财院

【注释】

全联意为：不义之财君莫取，有利之为当礼让，仁爱之心永存。

福禄寿三星高照
天地人一体共荣

【位置】

喜庆院

【注释】

全联意为：福、禄、寿三星高照临门，天时、地利、人和全都到位，举家共荣，其乐融融。

春风入户月圆夜
喜气盈门花好时

【位置】

喜庆院

【注释】

全联意为：春风送暖时，花好月圆日，家家户户喜气洋洋。

喜气满庭院
清风盈厅堂

喜庆院

【注释】

全联意为：清风世家和谐之风绕庭院，喜气洋洋阖家欢。

向阳花开千家喜
比翼鸟飞万木新

【位置】

喜庆院

【注释】

全联意为：向阳花开，国泰民安，千家万户喜气洋洋；家庭和睦，夫妻恩爱比翼齐飞，同心协力，欣欣向荣，万象更新。

金鸡举首歌鸿运
喜鹊登枝报好音

【位置】

喜庆院

【注释】

全联意为：金鸡报晓时，我们便按已选好的目标奋力前行，自然会水到渠成，硕果累累，喜鹊也一定会来枝头报告好消息。

树高风　以大德造福
流厚泽　凭良智生财

【位置】

聚财院

【注释】

流厚泽：深厚的恩德，传袭于久远的流风余韵中。

良智：好的智慧智谋。良策良方。

生意通四海　意得志满
财源涌三江　源远流长

【位置】

聚财院

【注释】

全联意为：生意通达全国四海三江，财源从四面八方纷纷涌来，事事如意，志满意得，然而要想源远流长，继续发展，还应从长远思考。

雄心向善　医心医国医天下
放眼修德　重礼重义重家声

【位置】

养心院

【注释】

医国：治国，本于《国语》："上医医国。"

全联意为：壮志雄心，修养道德，一心向善，从自身做起，有过必改，关注国家民族之根本利益，努力尽一份公民义务，为国分忧。

养慈心　行善事　聚德务本
弘祖愿　振家声　积厚流光

【位置】

养心院

【注释】

务本：专力于根本之道。《论语·学而》："君子务本，本立而道生。"

积厚流光：积厚德而流布光华光泽，光宗耀祖。犹积善者必有余庆。

全联意为：慈爱之心常养，为善之事立行，君子聚德，在于务本。弘扬先祖之愿，振兴家族声望，积厚流光于子孙。

尊孔尊孟　义礼继世
尚仁尚德　耕读传家

【位置】

养心院

【注释】

全联意为：尊崇孔孟儒学，以仁、义、礼、智、信培养高尚道德，承前启后，耕读为本。

愿共战马耕牛肝胆相照
羞与城狐社鼠和光同尘

【位置】

养心院

【注释】

城狐社鼠：比喻难除的倚势为奸的人。《晋书·谢鲲传》："（王敦）谓鲲曰：'刘隗奸邪，将危社稷，吾欲除君侧之恶，匡主济时，何如？'对曰：'隗诚始祸，然城狐社鼠也。'"

和光同尘：和光，掩抑自己的锋芒。同尘，与世俗相混同。《老子》："和其光，同其尘。"王弼注："和光而不污其体，同尘而不渝其贞。"比喻与世俗混同，不露锋芒。多指随波逐流。

全联意为：宁愿与奋勇向前的战马和辛勤劳作的耕牛亲密相处，羞于同倚势为奸的城狐社鼠之流为伍共事、同流合污。

仁者无忧 坦坦荡荡行善事
智者不惑 孜孜矻矻务经学

【位置】

养心院

【注释】

孜孜：努力不怠。《尚书·君陈》："惟日孜孜，无敢逸豫。"

矻矻（kū）：勤劳不懈的样子。《汉书·王褒传》："劳筋苦骨，终日矻矻。"

经学：训解或阐述儒家经典之学。即把儒家经典当作研究对象的学问，内容包括哲学、史学、语言文字学等。

全联意为：仁者光明磊落，多行善事，为善最乐。智者心无旁骛，刻苦务学，必有所得。如此无忧无虑地生活，才是养身养心之道。

立业建功 天时地利
清心明道 秋月春风

【位置】

养心院

【注释】

道：宇宙万物的本源本体。《老子》："有物混成，先天地生……可以为天下母，吾不知其名，字之曰道。"北宋张载以气为道、为本，"由气化，有道之名"。朱熹以理为道、为本，"理也者，形而上之道也，生物之本也"。

全联意为：创建功业需天时、地利、人和。故只有心境恬静，明了天道世理，你的心境，你的人生，或许才会有春风之和煦，秋月之明净。

求名利 欲壑难填 徒增烦恼
享富达 荣华易尽 岂敢忘形

【位置】

养心院

【注释】

全联意为：人的欲望是无止境的，功名利禄过眼烟云，不需要煞费苦心地一味追求；荣华富贵转瞬即逝，纵有所得，也不要得意忘形，否则烦恼事就会随之而来。

务本者务养 养和养廉养正
崇仁者崇安 安分安逸安宁

【位置】

养心院

【注释】

全联意为：追求天下最根本之正道，崇尚人间最基本之安然。

法祖德 温良恭俭让
顺天理 孝义礼仁和

【位置】

养心院

【注释】

温良恭俭让：语出《论语·学而》："夫子温、良、恭、俭、让以得之。"温和，善良，恭敬，庄重，节俭，节制，谦让，礼让，忍让。

天理：天然之理，自然法则。《庄子·天运》："顺之以天理。"《韩非子·大体》："不逆天理。"宋代理学家把封建纲常伦理说成是宇宙间永恒的、神圣的天理，宣扬"存天理，灭人欲"，这当然不应认同；但孝顺父母、义行天下、以礼待人、仁爱和善等内容，还是要继承并发扬的。

读世间好书　明天下大道
鉴中外牍案　慕古今贤人

【位置】

养心院

【注释】

大道：至公至正之道。最根本的大道理。《礼记·礼运》："大道之行也，天下为公。"

牍案：即案牍，原指旧官府的文书、信札等案卷。此处泛指各种书籍、文献等。

贤人：品德高尚、才能出众者。旧指仅次于至高无上之圣人者。

乡居无奢望　惟强其身　实其腹　明其志
用事有范规　要顺其理　顾其情　正其心

【位置】

养心院

【注释】

范规：法式，标准，一定范围内的规矩、礼法。

俯首辛劳耕耘　须造福大地
举头坦荡进退　但无愧青天

【位置】

养心院

【注释】

耕耘：本义指耕地和除草，此处泛指学习、劳动等人类所从事的各种事业。

进退：有节制、有节操的行为行止。

沐山风 远庙堂 不屑趋炎附势
流热汗 耕薄土 惟期理得心安

【位置】

养心院

【注释】

庙堂：庙宇，宗庙。古代帝王处理政事的地方。此处泛指行政公务场所。

趋炎附势：迎合、依附、奉承、攀交有权势的人。语出《宋史·李垂传》，原为"趋炎附热"。

养天地正气 多修世上仙佛路
法古今贤达 不使人间造孽钱

【位置】

养心院

【注释】

仙佛路：仙，神话和某些宗教所谓的长生不老有特殊本领之人。也指品格超凡脱俗者。佛，佛陀的简称，是佛教徒对修行圆满的人的称呼。也特指佛教创立者释迦牟尼。仙佛路，摒除邪念杂念的向善修德之路。

贤达：有才德声望、通达明理的人。

造孽钱：造孽，佛教用语，做坏事（将来要受到报应），现泛指行恶，做坏事。造孽钱，不义之财，坑蒙拐骗盗或用其他不正当手段所得之钱财。

身闲老院静
心定菜根香

【位置】

养心院

【注释】

心定：心神安定闲适，与世无争，知己知彼知足。

菜根：泛指粗劣的饭菜。

贫不辱其身 不降其志
富常趋所义 常行所仁

【位置】

养心院

【注释】

全联意为：贫富各有操守，各有所为，都应常趋正道。

偏居老院 常具家国志向
展目新潮 愿闻盛世危言

【位置】

养心院

【注释】

家国志向：意指修身、齐家、治国、平天下。

盛世危言：太平年间有远见卓识的正直言论。

穷不失义　礼之用和为贵

富而无骄　德不孤必有邻

【位置】

养心院

【注释】

礼之用和为贵：和，恰到好处、适中。语出《论语·学而》，意为礼的应用，贵在处理任何事情都能做到适中而恰到好处。

德不孤必有邻：德，指有道德的人。邻，亲近。语出《论语·里仁》，意为有道德的人不会孤单，一定有人和他亲近为伴。

欣望四海　海洋难比心胸阔

义行九州　州里尽生故土情

【位置】

养心院

【注释】

州里：乡里。州，古代民户编制，五党为州，计两千五百家。里，古代居民聚居的地方，二十五家为一里。

全联意为：志存高远、宽宏大量、有所作为的人，其心胸多会怀抱着五洲四海全世界；行仁行义，走遍天下，故土在心，终究故国故乡故园之情难忘。

老院夕照温碧树

古堡朝晖映彩云

【位置】

休闲居

【注释】

老院：指王家大院。

碧树：青绿色的树。

古堡：指崇宁堡。

朝晖：早上的阳光。

寒士自重自尊　贫而不贱

正人修身修道　富而崇仁

【位置】

　　养心院

【注释】

　　寒士：旧称贫苦读书人。

　　正人：正直、正派之品格高尚者。

忠良孝子　泽及族邻乡里

志士仁人　系念社稷江山

【位置】

　　休闲居

【注释】

　　泽及：恩惠于。

　　社稷：社，土神；稷，谷神。古代君主都祭社稷，后来就用社稷代表国家。

热土生栋梁　文豪武杰

寒门出龙凤　海阔天空

【位置】

休闲居

【注释】

栋梁：比喻可为国任重之人才。栋，古代指房屋的脊檩。梁，房梁，架在墙上或柱子上支撑房顶的横木。

龙凤：代指才干出众之男女。

家声旺淡凭后继
国运兴衰在人心

【位置】

休闲居

【注释】

全联意为：家族声望的好与坏，国家命运的兴与衰，全凭后继有人，全在人心之向背。

黎庶辈 原无绮思奢望
耕读者 谨盼好雨时风

【位置】

休闲居

【注释】

黎庶：黎民百姓。

绮思：美妙的想象。语出梁简文帝《赠张缵诗》："绮思暖霞飞，清文焕飚转。"

全联意为：耕读传家之黎民百姓从来就没有不切实际的想法和过分的奢望豪愿，只期盼年年风调雨顺，岁岁国泰民安。

承先祖河山品格 谋济物谋济世
喜后昆道义心性 不欺天不欺人

138

休闲居

【注释】

河山品格：像山那样巍峨高大、胸襟开阔、有无限包容力的品格，像水那样一往无前、汹涌澎湃、奔流不息、奋斗不止的品格。

道义心性：有道德、讲信义的品行习惯。

老院老屋　惠及后世

新人新居　恩念前贤

【位置】

休闲居

【注释】

全联意为：古老房院是前人为后人留下的珍贵历史文化遗产。今人到此小住，当牢记前贤恩德。

常喜河清海晏　三元及第

每盼雨顺风调　五谷丰登

【位置】

休闲居

【注释】

河清海晏：河，指黄河。晏，平静。此句意为黄河水清，沧海波平。形容天下太平。郑锡《日中有王字赋》："河清海晏，时和岁丰。"

三元及第：三元，此处指科举时代乡试、会试、殿试的第一名解元、会元、状元。及第，考试中选。

老院无俗尘　本为一方净土

新朋有雅意　来此百虑全清

　　休闲居

【注释】

　　净土：佛教用语，原指佛、菩萨等居住的极乐世界，因那里没有受尘世污染。即佛教谓无五浊（劫浊、见浊、烦恼浊、众生浊、命浊）垢染的清净世界。

追慕古风　读书得高趣
鉴学新巧　种养获大年

【位置】

　　休闲居

【注释】

　　新巧：新技术，新工艺。大年：丰年。

利人利己　福寿无量
积善积德　子孙满堂

【位置】

　　休闲居

【注释】

　　全联意为：利人就是利己，你幸福、你健康，前途无量；积善就是积德，后继有人，子孙满堂，和睦安康，就是回报。

诗书门第　文气曲如流水
翰墨人家　情怀和若春风

【位置】

休闲居

【注释】

文气：文化之气韵、气氛、气势。

翰墨：谓笔墨，泛指文章书画等。

天地风光存老院
古今历史在茅居

【位置】

休闲居

【注释】

茅居：茅草屋舍，泛指平民百姓所居住之房屋。

惜名千载 名分名望名功业
计利九州 利耕利读利苍生

【位置】

休闲居

【注释】

名分：犹本分，指因其身份地位等名义而应有应尽之职责。

名望：名气和声望。

名功业：利国利民的功勋业绩。

计利九州：为天下人着想、谋利。

苍生：老百姓。

梅兰菊竹香老院
义礼翰墨振家声

休闲居

【注释】

家声：一个家庭或家族的名声名望。

祖屋留书香　身卧福地

老宅溢汗味　意萦垄田

【位置】

休闲居

【注释】

身卧福地：这是自古民众安居乐业之期望。

意萦垄田：想到汗滴禾下之耕作的劳苦。

先祖隆业由德泽

后人懋绩在书香

【位置】

休闲居

【注释】

隆业：丰厚兴盛之业绩。

德泽：恩德。古诗有"阳春布德泽"句。

懋绩：大功。

井水生大地　汩汩千秋通世味

小亭在人间　悠悠百代识乡情

【位置】

井亭

【注释】

汨汨：水流的声音。

世味：人在世上所经历感受到的可以言说或欲说还休的种种意味、情味、况味。

一汪清泉吟深井　祖恩长在

千古皓月慰小亭　天道永存

【位置】

　　井亭

【注释】

　　全联意为：一汪清泉常流深井之中，千古皓月日日伴慰井亭之上，吃水不忘打井人，先祖恩泽长在，天道人心永存。

财本天赐　我行赏　我乐你乐　你无愧

神为天心　你作恶　你知我知　我不饶

【位置】

　　财神阁

【注释】

　　我：此处为天神、财神之自称。指天地人心。

　　你：这里指得财、用财、谋财之人。

　　全联以财神的人物化口气来训教凡人。表达了天地人心对取财有道者之肯定，对贪财作恶者之威慑。

晋阳多古韵　每见汉唐碑石　明清院落

宇内渐新风　犹彰尧舜世味　孔孟经书

【注释】

　　全联意为：山西古韵古味十足，历史文化遗存丰厚，行走间常见汉唐乃至明清之碑石文字、古宅古庙等古代建筑；寰宇世间虽新风新气渐次增长，仍还须彰扬尧舜远古之风，研读孔孟四书五经等经典著作，继承中华优秀传统文化。

豪杰有进退 张弛乃文武之道
志士无疾徐 毅力为丰歉之由

【注释】

全联意为：英雄豪杰做事理政有进有退，遵文武之道，张弛有序；志士仁人理政做事有快有慢，坚持到底，遵自然规律，丰歉自在。

崇良雍和 古镇遗范
宁静淡泊 清居养心

【注释】

雍和：和睦。

遗范：传留下来的风尚、风俗之规范、操守。

圣哲君贤 训勉千秋 行仁义而修礼教
山海宇宙 生机万类 品世态而度人心

【注释】

上联：若得贤达明君、先哲圣人训勉天下，行仁义，修礼教，社会蒸蒸日上向前发展，将万代千秋国泰民安。

下联：山高海深宇宙万类变化无常，品阅世态炎凉，度量人心冷暖，自然界万类生机都在变化，都在发展，都在向前。

（以上由温暖撰联，张佰仟、郑建华注释）

古旌善九沟八堡龙卧虎伏 深巷长街风生水起 田园牧歌气韵在

今静升千户万丁鸟翔鱼跃 小楼大厦树绿花红 老镇新步神采扬

【位置】

茹古涵今牌坊中间前

【注释】

旌善：静升村古名。

上联：言静升自古地貌村舍之形势、气势及所遗风韵。

下联：讲今日静升之气象、气氛及向往之情。

崇宁崇安 古今同此心 黎庶唯盼和谐共乐
敬世敬业 贫富有其念 我您俱当励志辛劳

【位置】

茹古涵今牌坊中间后

【注释】

崇宁崇安：崇尚安宁。

黎庶：平民百姓。

敬世敬业：崇敬世道人心，热衷守业创业。

上联：讲古今百姓，人同此心，都盼望国泰民安。

下联：人无论贫富俱有生存发展之愿望，大家都应当自勉心志，以辛勤创业立身。

惟勤惟俭 守业创业 惟怀众方致望重
尚善尚德 尊贤亲贤 尚礼仁应属达人

【位置】

茹古涵今牌坊边间前

【注释】

怀众：心怀大众。

望重：德高望重。

尚礼仁：崇尚礼义仁义。

达人：通达事理，思想高超，有道德有善行的人。贾谊《鹏鸟赋》："小智自私兮，贱彼贵我；达人大观兮，物无不可。"

上联：勤俭为守业创业之本，但只有心怀大众、惠及社会者才称得起德高望重。

下联：凡是崇尚道德、好善鄙恶、尊敬贤达并讲求仁、义、礼、智、信的人，就是通达事理、识高行高、可尊可敬之所谓"达人"。

上西堡望东堡 览一方全豹 味明清韵致
登北山说南山 究万类隐情 吟水陆风华

【位置】

茹古涵今牌坊边间后

【注释】

西堡：即静升村西崇宁堡，创建于清雍正年间。

东堡：即静升村东朝阳堡，创建于明万历之前。东、西两堡都坐北面南，依山而建，前有静升河流淌。

全豹：全貌。

味：寻味，品味，玩味。

韵致：风韵姿态、神情等方面表现出来的某种特色。

究：寻问，研讨，思索。

吟：吟咏吟哦。

隐情：隐隐约约和潜在的情景情韵。

水陆风华：山河大地所表现出来的风采风韵。

全联引导人们登高一望，以识得堡内堡外之景色。

（以上由温暖撰联并注释）

146

王氏宗祠佳城楹联

第一节 古旧楹联

躬践秉彝昭物则
典隆旌淑树风声

【款识】

赐进士出身翰林院检讨加三级　分宁万承风

【位置】

孝义坊东西次间后

【注释】

作者：万承风（1753—1813），字卜东，又字和圃，宁州安乡汤桥（今江西修水人），清廷一代衣冠之首，曾为道光帝师。

躬践：即躬行践履。亲自实行，亲自去做。

秉彝：语出《诗·大雅·烝民》："天生烝民，有物有则。民之秉彝，好是懿德。"毛传："彝，常。"朱熹集传：

"秉,执。"秉彝即持执常道之意。常道,善美之德。

昭:明亮,光大。

物则:事物的法则。

典隆:隆重的仪式。

旌淑:表彰良善。

上联:亲身实行持执善美之德,光大人伦规范。

下联:仪式隆重表彰良善,树起好风气、好声望。

(此联由王铁喜注释)

克笃行宜超流俗
载锡丝纶启后昆

【款识】

　　赐进士出身翰林院编修加二级　章浦

朱绂

【位置】

　　孝义坊东西次间前

【注释】

　　克:能胜任。

　　笃:笃实,真诚忠厚。

　　行宜:品行,道义。

　　流俗:平庸粗俗。

　　载锡:赐予。

　　丝纶:帝王诏书。语出《礼记·缁衣》:"王言如丝,其出如纶。"言王之言初出如丝细微,传到外面去,则大如纶。后称帝王诏书为丝纶。

　　后昆:后代子孙。

上联：真诚忠厚的品行道义，超过了平庸的流俗。

下联：受皇帝恩赐诏书，永远鼓励后代子孙前进。

千秋匪懈宸恩永
奕叶长隆祖庙新

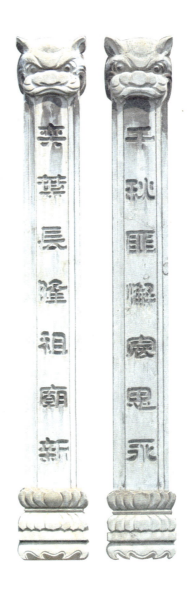

【位置】

　　王氏宗祠献亭石坊前

【注释】

　　千秋：一年有一秋，千秋即千年，形容岁月长久。

　　匪懈：匪，同非。懈，松弛、懈怠。

　　宸恩永：宸，北极星所居，即紫微垣，借指帝王宫殿。意为帝王的恩泽永远润泽王家。

　　奕叶：累世，代代。

　　长隆：长盛。隆，盛、多。

　　上联：千秋万代永远不忘皇帝恩泽。

　　下联：子嗣永远隆盛，祖庙世代常新，人才辈出。

义举春秋新庙貌
礼严昭穆笃宗盟

【位置】

　　王氏宗祠献亭石坊后

【注释】

　　义举：正义成就，或指疏财仗义的

149

行为。

春秋：春季和秋季。《礼记·王制》：春秋教以《礼》《乐》，冬夏教以《诗》《书》。这里指春秋二季祭祀。

庙貌：旧称庙宇及神像为庙貌。这里指王氏宗祖家庙。

礼严昭穆：严格按照宗法制度规定排列行礼。古代宗法制度，宗庙或墓地的辈次排列，以始祖居中，二世、四世、六世位于始祖的左方，称昭；三世、五世、七世位于右方，称穆；用来分别宗族内部的长幼、亲疏和远近。也泛指家族的辈分。《礼记·祭统》："夫祭有昭穆。昭穆者所以别父子、远近、长幼、亲疏之序，而无乱也。"

笃：忠实。

宗盟：同宗、同姓。

上联：以阖族的正义成就祖庙常祭常新，香火不断。

下联：最严格的宗法礼制使整个家族亲善和睦。

仁以率亲　义以率祖

僾如有见　忾如有闻

【位置】

孝义祠存

【注释】

仁义：宽惠正直、仁爱正义。《礼记·曲礼上》："道德仁义，非礼不成。"孔颖达疏："仁是施恩及物，义是裁断合宜。"又《丧服四制》："恩者仁也，理者义也，节者礼也，权者知也，仁义礼知，人道具矣。"

率亲、率祖：率，遵循，服从，沿着。《尔雅·释诂》："率，循也。"语出《礼记·大传》："自仁率亲，等而上之至于祖，名曰轻；自义率祖，顺而下之至于祢，名曰重。一轻一重，其义然也。"意思是说：如果用恩情之深浅来分别亲疏关系，那就得沿着父辈往上推，推到远祖，恩情就自然轻。如果从道义上看，沿着远祖往下推，直到父庙，愈早的祖先义愈重。所以说远祖的恩情虽轻，但在道义上最重要，父母的恩情虽重，但在道义上则较轻。

僾（ài）：如肺与气管堵塞，呼吸不畅。代指生病。

忾（xì）：叹息声。代指难过。

上联：以仁作为处理亲人之间关系的遵循，以义作为对待祖先的根本原则。

下联：宗庙是供奉先人灵魂之地，进祖堂要像探望有病和有难的亲人一样恭敬而真诚。

有后弗弃基 聿修厥德
虚中以治事 则在乃心

【款识】

壬申孟冬 十七世孙监生致远偕男德昌德懋德凝德聚孙晋珠 敬献

【位置】

王氏宗祠献亭前边间

【注释】

有后：有后嗣。

弗弃基：弗，不可。弃，遗弃。基，基业，本。《尚书·大诰》："呜呼！天明畏，弼我丕丕基。"孔传："辅成我大大之基业。"《集韵·之韵》："基，本也。"

聿（yù）修厥德：语本《诗·大雅·文王》："无念尔祖，聿修厥德，永言配命，自求多福。"毛传："聿，述。厥，其。"意为继承发扬先人的德业。

虚中：虚心，谦虚，没有杂念，心神专注。

治事：治理家业。

乃心：思念，怀念，不忘。

壬申孟冬：壬申，清嘉庆十七年（1812）。孟冬，初冬。

上联：子孙后代勿遗弃荒废祖上基业，应继承发扬使之永远传流。

下联：在治家创业中，要专心致志，时刻不忘先祖遗训。

禴祠蒸尝忠孝典型思蜀郡
牲牢酒礼桑槐世泽报江东

【位置】

王氏宗祠献亭后石坊

【注释】

禴（yuè）祠蒸尝：禴，祭名。蒸，同烝。《诗·小雅·天保》："禴祠烝尝，于公先王。"毛传："春曰祠（同祀），夏曰禴，秋曰尝，冬曰蒸。"

忠孝：忠于国君，孝敬父母。

典型：型同刑，旧法，常规。《诗·大雅·荡》："虽无老成人，尚有典刑。"后引申为模范、典范。

思蜀郡：不忘宗庙本源。典出蜀后主刘禅。后主战败举家东迁至洛阳，司马文王与禅宴，为之演蜀乐，他人皆为之感伤，而禅嬉笑自若。他日王问禅曰："颇思蜀不？"禅曰："此间乐不思蜀。"（见《汉晋春秋》《三国志·蜀书·后主传》）。后因以讽刺人乐而忘本。

牲牢酒礼：祭祀用的酒和牲畜。牲牢，即牲畜。《诗·小雅·瓠叶序》："上弃礼而不能行，虽有牲牢饔饩（所献祭的生的牛羊豕），不肯用也。"郑玄笺："牛羊豕为牲，系养者曰牢。"酒礼，酒和礼。郭沫若

《创造十年》："酒礼，三牲，准备哭苏秦。"三牲即牛、羊、猪。

桑槐：桑，桑梓。《诗·小雅·小弁》："维桑与梓，必恭敬止。"朱熹集传："桑梓二木。古者五亩之宅，树之墙下，以遗子孙，给蚕食、具器用者也……桑梓父母所植。"槐，材质致密，可供建筑和制器具。

世泽：祖先的恩泽。

报江东：江东，长江在芜湖与南京之间，由西南向东北流，隋唐以前是南北往来主要渡口所在，习惯上称这一段的长江南岸地区为江东。《史记·项羽本纪》："且籍与江东子弟八千人渡江而西，今无一人还，纵江东父兄怜而王我，我何面目见之？"宋李清照《乌江》诗："至今思项羽，不肯过江东。"这里反其意用之，谓要报江东父老之大恩大德，引申为报效祖宗之大恩大德。

上联：远忠于君，近孝于父母，按旧法常规四时祭祀祖先，永不忘本。

下联：不忘父辈祖上植桑梓、榆槐遗后世之恩泽，用三牲礼酒来报答。

贻厥孙谋 四百年绵绵瓜瓞
绳其祖武 二十世振振螽斯

【位置】

　　王氏宗祠献亭前石坊

【注释】

　　贻厥孙谋：为子孙的将来做好安排。语本《尚书·五子之歌》："明明我祖，万邦之君，有典有则，贻厥子孙。"孔传："贻，遗也。言仁及后世。"

　　绵绵瓜瓞：绵绵，连续不断。瓜瓞，大瓜小瓜。《诗·大雅·绵》："绵绵瓜瓞，民之初生，自土沮漆。"孔颖达疏："瓜之族类本有二种，大者曰瓜，小者曰瓞，……而瓜蔓近本之瓜，必小于先岁之大瓜，以其小如瓞，故谓之瓞。"

　　绳其祖武：继承先祖业绩。语本《诗·大雅·下武》："昭兹来许，绳其祖武。"朱熹集传："绳，继。武，迹也。言武王之道，昭明如此，来世能继其迹。"

　　振振螽（zhōng）斯：振振，众多，盛貌。螽斯，子孙众多。《诗·周南·螽斯序》："螽斯，后妃子孙众多也，言若螽斯，不嫉妒，则子孙众多也。"后用为多子之典实。

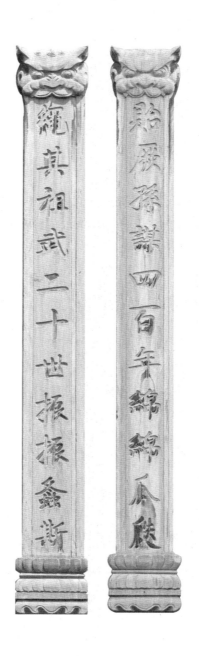

154

上联：先祖善为子孙出谋划策，代代相传，经四百年绵绵不断，家道不衰。

下联：子孙能够继承先祖业绩，传二十世，人丁上千，和好不嫉妒。

积厚流光 锡受而今昭福祉
爱存悫著 焄蒿于此见音容

【款识】

嘉庆四年 十八世孙监生绎儒率男述基孙锦绅锦纶锦缓 敬献

【位置】

王氏宗祠正厅次间门

【注释】

积厚流光：光同广，是说业基深厚，就会流传广远。《荀子·礼论》："积厚者流泽广，积薄者流泽狭也。"

锡受：锡，赐。受先祖的恩赐甚厚。

昭福祉：彰明福禄。

爱存悫（què）著：以极爱之心思亲则如亲在。《小尔雅·广言》："著，思也。"《礼记·祭义》："致爱则存，致悫则著。著存不忘乎心，夫安得不敬乎？"疏曰："致爱则存者，谓孝子致极爱亲之心，则若亲之存，以嗜欲不忘于亲故也。致悫则著者，谓孝子致其端悫敬亲之心，则若亲之显著，以色不忘于目、声不忘于耳故也。著存不忘乎心者，言如亲之存在，恒想见之，不忘于心。既思念如此，何得不敬乎。"

焄（xūn）蒿（hāo）：焄，同熏，祭祀时祭品所发出的气味。《礼记·祭义》："其气发扬于上，为昭明，焄蒿、凄怆，此百物之精也，神之著也。"郑玄注："焄谓香臭也，蒿谓气蒸出貌也。"

上联：祖先赐给后人的功业深厚，恩德广远，至今福禄犹存。

下联：以爱亲敬亲之诚心祭拜先祖，在焄蒿昭明处，则见先祖声音容貌。

豆列维新 手荐馨香歌涧藻
槐阶远荫 风清霜露激云璈

【位置】

　　王氏宗祠乐楼次间

【注释】

　　豆列维新：豆，古礼器。《说文》："豆，古食肉器也。"意为俎豆内的祭食都是新鲜美味。

　　荐：进献。

　　馨香：馨，香之远闻者。香气四溢的檀木香及供品。

　　涧藻：美好华丽的文辞。

　　槐阶：指王氏宗祖家庙。

　　远荫：荫子封妻，获得世袭称号，指建立功业，光耀门庭。

　　风清霜露：风范高洁清白，有节操。

　　激：高亢清远。

　　云璈（áo）：云林之璈。古代乐器，即云锣。《汉武帝内传》："上元夫人自弹云林之璈，歌步玄之曲。"

　　上联：将美好新鲜的祭食放在俎豆礼器上，双手进献进香，口念祝词，尊祭祖先。

　　下联：王氏宗祖，屡建功业，光耀门庭，风范高洁清白，应以高亢清远之乐曲歌颂之。

缭绕梁云 影护槐庭三树茂
悠扬羽曲 音流汾水一源长

【位置】

王氏宗祠乐楼明间

【注释】

缭绕：回环盘旋。

梁云：余音绕梁，声遏行云。

影护：影，影堂，即家庙。护，保护，遮蔽。

槐庭：三公之喻。三公，辅助国君掌握军政大权的最高官员，《尚书·周官》："立太师、太傅、太保，兹惟三公，论道经邦，燮理阴阳。"相传周代宫廷外种三棵槐树，三公朝拜天子时，面向三槐而立，后因以三槐喻三公。又宋王祐手植三槐于庭，曰："吾子孙必有为三公者。"后其子旦果入相，天下谓三槐王氏。

三树：指三槐。

悠扬羽曲：羽调歌曲远扬。悠扬，飘忽起伏。羽曲，羽调之歌曲。

音流：功德妙音，流布后世。

一源长：源远流长。

上联：歌声余音绕梁声遏行云，先祖荫护三槐王氏树茂叶盛。

下联：羽调歌声飘忽起伏，悠扬远方，先辈功德妙音，像汾水一样源远流长。

祖德宗功奕奕恩光绵世泽

秋霜春露翙翙雁列肃冠裳

【位置】

  王氏宗祠大门两边明柱

【注释】

  祖德宗功：祖宗的功德。

  奕奕：光明，光彩闪动貌。

  恩光：犹恩泽。

  绵世泽：绵，延续。世泽，祖先的恩惠。主要指权势、财产、地位。

  秋霜春露：泛指春秋祭祀之典礼，是感于节令追念先人才形成的。《礼记·祭义》："是故，君子合诸天道，春禘秋尝。霜露既降，君子履之，必有凄怆之心，非其寒之谓也。春雨露既濡，君子履之必有怵惕之心，如将见之。"

  雁列：像雁一样排列整齐。

  上联：祖宗光彩奕奕的恩泽，绵绵不断传于后世。

  下联：子孙们排列整齐衣冠楚楚于春秋祭拜先祖。

率祖率孙 讵从恩义分轻重

交阶交户 惟肃蒸尝慎见闻

【位置】

  王氏宗祠正厅暖阁联

【注释】

  率祖：见151页"率亲、率祖"条注。

  率孙：率，这里指劝导，引导。《史记·孝文本纪》："夫农，天下之本也，其开籍田，朕亲率耕，以给宗庙粢盛（祭品）。"集解引韦昭语曰："借民力以治之，以奉宗庙，且以劝率天下，使务农也。"

诓（jù）：岂，何。

交阶交户：阶，东阶，西阶。古家庙前有两阶，中间无道。宾主相见，主人立东阶，宾自西阶升降。《仪礼·乡饮酒礼》："宾西阶上拜，主人少退，宾进受爵，以复位。主人阼阶（东阶）上拜送爵。"今王氏孝义祠堂仍保留了宋代以前的双阶制台阶。交户，户内户外分行拜爵礼。

惟肃：严肃认真。

慎：思貌。

见闻：即僾如有见，忾如有闻。

上联：祭祀先祖，教育引导子孙，不以恩义分轻重。

下联：户前户内东阶西阶拜爵，须严肃认真，思先祖之容貌，闻先祖之声音。

地近冷泉 古树发祥荣奕叶
田依绵上 佳城启瑞护先灵

【款识】

大清嘉庆岁次己巳仲冬，因公赴省，路经静升，应约轩四兄以其祖茔门联见嘱，书此奉赠。知直隶霍州事 下相叶峻嵋拜撰并书

【位置】

王氏佳城门联

【注释】

作者：叶峻嵋（约1776—1853），字棣园，清代宿迁孝义乡人（今江苏徐州市）。曾充国史馆誊录，后选为山西霍州直隶州知州，再调绛州直隶州知州。

冷泉：冷泉关，在静升西北五千米处。古关隘要冲。历史上是灵石古八景之首"冷泉烟雨"所在地，现为中国历史文化名村、中国传统村落。

发祥：发祥地。《诗·商颂·长发》："浚哲维商，长发其祥。"（谓商受天命而为帝王，发见祯祥，庆流子孙）后以生长、创业或民族文化起源之地为发祥地。

荣奕叶：累世繁荣昌盛。

绵上：春秋时晋国之地。在山西省介休市东南二十千米介山之下，距静升仅八千米。公元前636年，介子推隐于绵上山中而死，晋文公求之不获，便以绵上之田作为介子推的祭田。

佳城：墓地。晋《博物志·异闻》：汉滕公夏侯婴薨，求葬东都门外，公卿送丧，驷马不行，踏地悲鸣，跑蹄下地，得石有铭，曰：佳城郁郁，三千年见白日，吁嗟滕公居此室。遂葬之。故后称墓地为佳城。

启瑞：通瑞。

护先灵：护，卫护。先灵，祖先的神灵。

下相：地名，今江苏宿迁县西。

上联：祖茔地邻近冷泉关，茔内古老的树木散发着祯祥以流传于子孙，枝荣叶茂昭示着子孙瓜瓞绵绵。

下联：茔穴东接绵上田，佳城通瑞，卫护祖先灵气。

（以上由仇晓风注释）

葱郁佳城 阡名载乘齐京兆
青苍宰树 石碣镌铭见抄趺

【款识】
奉直大夫晋封宣武都尉十六世孙中极沐手敬书
【位置】
王氏佳城茔门铁旗杆
【注释】
葱郁：形容草木青翠茂盛。
佳城：指墓地。典出汉代刘歆《西京杂记》："佳城郁郁，三千年见白日，吁嗟滕公居此室。"

阡名：阡，通往墓地的道路。阡名，指通向墓地的建有"恤典坊"的道路。"恤典坊"是乾隆三十八年（1773）奉旨为贵西兵备道兼提刑按察使司、大小金川战役阵亡，追赠太仆寺卿的王氏十七世王如玉所立的牌坊。

京兆：西安的古称。是周朝王畿、秦代京畿及之后对都城辖域的称谓。这里代指皇帝及朝廷的恩泽。

青苍宰树：青苍，深青色。宰树，坟墓上的树木。唐刘禹锡《王思道碑堂下作》有"苍苍宰树起寒烟，尚有威名海内传"之句。

石碣：圆顶的石碑，泛指石碑。

镌铭：铭记，铭刻。

抄趺（fū）：趺，碑下的石质底座，古代墓碑的碑额、碑身、碑座的尺寸和规制，因墓主人的品级有严格的规定。故墓碑底座也代表着一种身份地位。抄，同"钞"，《管子补注》："钞，深远也。"抄趺，代指悠久的声誉和显赫的地位。

上联：草木青翠茂盛的墓地，建有"恤典坊"通向墓地的道路，都承载着皇帝及朝廷的恩泽。

下联：坟墓上深青色的树木，碑碣上镌刻的碑文，都显现着祖先悠久的声誉和显赫的地位。

（此联由王铁喜注释）

营厥先 荐厥时 期不愧为孙子
继其志 述其事 庶可对得祖宗

【款识】

诰授朝议大夫　原任顺天府通判　加二级记录四次　十七世孙如琨敬献

【位置】

王氏宗祠献亭前中间

【注释】

营厥先：营，经营。厥，其。先，先祖的遗业。

荐厥时：按四时祭献牲畜。

期不：期，必定。期不，必定不。

述其事：继承前人的事业。

庶可：差不多可以。

朝议大夫：从四品。

上联：经营先祖的遗业，四时按规定祭献牲畜，必不愧为孝子贤孙。

下联：继承先人遗志，完成前人未完成的事业，才可对得起祖宗。

贻燕暨有元以来 诗书孝友渊源古
享尝隆作庙而后 恪慎温恭祀事明

【位置】

王氏宗祠献亭后中间

【注释】

贻燕：使子孙安逸，对子孙教诲。语出《诗·大雅·文王有声》："贻厥孙谋，以燕翼子。"

暨：至，到。

诗书：《诗经》《尚书》。《尚书》又称《书经》。

孝友：孝顺父母，友爱兄弟。

渊源：学业师承代代传。

享尝：四时祭祀。《礼记·祭法》："远庙为祧，有二祧，享尝乃止。"郑玄注："享尝，谓四时之祭。"

恪慎：恭敬谨慎。

温恭：温和恭敬。

祀：祭祀。

上联：自元代开始，即以诗书孝友教诲子孙，代代相传，渊源古老深远。

下联：自明万历年间建起宗祠以后，四季均以恪慎温恭态度和丰厚的祭品，在家庙祭祀前哲令德之先祖。

俎豆荐馨香 肃肃雍雍 此日槐庭征世泽
春秋严拜跪 跄跄济济 一时珠树蔚人文

【位置】

王氏宗祠献亭后边间

【注释】

俎（zǔ）豆：俎，置肉的几案。豆，盛干肉的器皿。意为祭祀崇奉。

肃肃雍雍：整齐和谐恭敬。

槐庭：喻三槐王家。

征：预兆，迹象。

世泽：先祖的恩德。

跄跄：步趋有礼节。

济济：人多气象盛。

珠树：神话传说中的仙树。

蔚：茂盛，华美，有文采。

人文：指礼乐教化。《易·贲》："观乎天文以察时变，观乎人文以化成天下。"孔颖达疏："言圣人观察人文则诗书礼乐之谓，当法此教而化成天下也。"

上联：子孙后代恭敬和顺地以香气四溢的供品在槐庭祭祀先祖，家族在这样的日子里沐浴着先祖的恩泽。

下联：每年春秋祭祖时子孙们人数众多，步履整齐而有礼貌，在仙树下以诗礼教化，人才辈出。

清芬克绍 先声品重 竹林孝义 敦而厚俗
丹綍式襃 硕德辉绵 槐砌子孙 念以承家

【款识】

　　乾隆丙午岁三月上浣　赐进士出身文渊阁检阅协办侍读加三级　元和顾宗泰

【位置】

　　孝义石坊明间前

【注释】

　　作者：顾宗泰，一名景泰，字景岳，号星桥、晓堂，清江苏元和人，与王鸣盛师从沈德潜。清乾隆四十年（1775）二甲十三名。历官吏部主事，高州知州。

　　清芬：比喻美名或盛德。晋陆机《文赋》："咏世德之骏烈，诵先人之清芬。"

　　克绍：能胜任和继承。

　　先声：昔日的声望。

　　品重：品格尊贵，威望高。

　　竹林：王梦鹏之号。

　　敦而厚俗：敦宗族，厚风俗。

　　丹綍（fú）：丹，赤色。綍，帝王诏书。语出《礼记·缁衣》："王言如纶，其出如綍。"郑玄注："言言出弥大也。"意为帝王说的话虽只有丝带那么大，传出去后便像牵引棺材的绳子那么粗。后称綍为皇帝的诏书。《水浒传》第七十九回："年来教授隐安仁，忽召军前捧綍纶。"丹綍意为帝王的红色诏书，"制令"。

式：榜样。

褒：嘉奖。

硕德：大德。

辉绵：辉光映绵峰。

槐砌：槐指王姓。砌，台阶，指大小官位。

承家：继承家业。

上联：竹林孝义，能继承先祖美德，昔日的声望高，广受尊敬，并做到了敦宗族厚风俗，誉满乡曲。

下联：皇帝下朱笔诏书将梦鹏树为榜样，给予嘉奖，其大德辉光映照绵峰，王家子孙不论官职大小，均念念不忘帝恩祖德，永远继承。

（以上由仇晓风注释）

绵子姓于继继绳绳 蔓延邈矣周京兆
溯宗支之源源本本 儒雅依然晋永和

【款识】

乾隆壬辰十七世孙监生学山暨男道昌道兴道亨敬献

【位置】

王氏宗祠屏门后

【注释】

子姓：泛指子孙后代。

继继绳绳：延续不断，前后相承。

蔓延：像草一样不断向周围扩展、滋生。

邈矣：遥远、久远。

周京兆：古代称西安为京兆。周朝王畿、秦代京畿及汉朝以至后来的周京兆指西周王朝国都丰京、镐京，即后来所称的丰镐。丰镐是中国历史上第一座真正意义上的京城，是周代礼乐的诞生地。静升王氏源出太原，尊周灵王太子姬晋（也称王子乔）为系姓始祖，静升王氏与周王室具有渊源上的亲缘。这里代指周代崇尚礼乐之风。

宗支：同宗族之支派。

源源本本：源头和根本。

儒雅：学问精深，气度雍容。

晋永和：东晋永和九年（353），三月三日上巳日，贵族、会稽内史王羲之偕亲朋谢安等42名高官名人在兰亭举办"曲水流觞"活动，参与者在清溪两旁席地而坐，盛了美酒的觞放置荷叶之上，在弯曲的溪流中浮游而下，如酒觞至坐者面前打转不前，与此觞对应者便要即兴赋诗并饮酒一觞。王羲之最后将诗作集起，并作《兰亭集序》，此事流传后世，成千古佳话，深得儒雅美誉，后人常用"晋永和"代指此事。唐刘长卿《三月李明府后亭泛舟》诗有"壶觞须就陶彭泽，时俗犹传晋永和"。明代杨基也有"富贵唐天宝，风流晋永和"之句。

上联：绵延的子孙后辈代代相承，像草蔓滋生遥远，仍不失系姓宗祖周代的崇尚礼乐之风。

下联：追溯同宗支派的源头和根本，依然有先贤王羲之召集谢安等高官名人，举办"曲水流觞"活动，饮酒赋诗并作《兰亭集序》那样的学识和气度、美誉。

（此联由王铁喜注释）

艺苑懋醇修 敦本施仁 绪溯河汾推族党
天家垂旷典 享祠表里 风传唐魏励贤良

【款识】
　　赐进士出身户部山西司主事　遂城张灼敬
题
【位置】
　　孝义石坊明间后

【注释】

作者：张灼，字未克，号丙斋，安肃（今河北徐水）人，清乾隆四十六年（1781）进士，官浙江盐运使，工山水画，骨力苍秀。

艺苑：犹言艺林，指典籍著述之类或藏书之处，泛指教书育人。

懋：勤勉，努力。

醇修：醇，敦厚，淳朴，不虚华。醇修，专一修业。

敦本施仁：注重根本，施行仁义。

绪：开端，起源。

溯：逆流而上。

族党：聚在一起居住的同族亲属，或聚族而居的村落。

天家：帝王之家，指皇帝。

旷：开朗宽阔。

典：典祀。

享：祭祀。

上联：在艺苑勤勉于教书育人，不为名利，踏实敦厚，以注重根本施行仁义为表率，业绩突出，在汾河及瑞乡灵石均有很高声望。

下联：皇帝垂诏书恩德广布，六翮（王梦鹏字六翮）举孝廉奉旨建坊，阖族典祀，其优良作风继承了唐魏名士风度，勉励后世继前贤光宗耀祖。

（此联由仇晓风注释）

省高山荒膴膴望奕叶纯熙踵前猷而绳祖武
览巨派泽悠悠冀云仍和会食旧德而叙先畴

【位置】

王氏宗祠大门中间明柱

【注释】

省：察看。

167

高山：高峻的山。亦比喻崇高的德行。

荒：指荒远之地。

膴膴（wǔ）：膏腴、肥沃，盛、多。

奕叶：累世，代代。

纯熙：光明。多用于形容道德或品德。纯，大。熙，兴。

踵：跟随、继承。

前猷：先王或前人的谋划。或前人的勉励教导。《宋书·文帝纪》"永瞻前猷，思敷鸿烈"。

绳祖武：即绳其祖武。继承祖业，或继承祖先的事业、功业。《诗·大雅·下武》有"昭兹来许，绳其祖武"。

览：观看。

巨派：大家族，静升王氏为灵石"四大家族"之一，并居其首位。静升居民数千家，王氏居其半。故称巨派。

泽：指水或小草积聚的低洼之地。后引申为土壤中的水分，又引申为雨露。因雨水能滋润万物，由此引申出恩泽、恩惠、恩德等。

悠悠：长久、遥远。

冀：希望、期望。

云仍：遥远的孙辈，比喻后继者，明李东阳《赠阙里孔以昌》诗中有"已向云仍占圣泽，还从伯仲识风标"。

和会：和谐安定，《尚书·康诰》："四方民大和会"。孔传："四方之民大和

168

悦而集会。"

食旧德：语出《易·讼》"食旧德，贞厉，终吉"。"象曰：食旧德，从上吉也"。指享受过去的美德或祖辈先人留下的恩泽。也即依靠先辈余荫庇护。

叙先畴：叙，这里指次第，一代接一代地。先畴，先人遗留的田地、家业。《文选·班固〈西都赋〉》："士食旧德之名氏，农服先畴之献亩"。吕延济注："先畴，先人献亩"。

上联：察看高峻之山，肥沃田地，就像看到世代祖先光辉熠熠的崇高道德品质，子孙将按前人的谋划和教导，继承祖业，继续建立功业。

下联：观看大家族内像雨露般长久的先人恩泽，希望延续长远的后辈子孙和睦安定，共享先人余荫庇护，一代接一代在先人遗留的田地耕耘发展。

（此联由王铁喜注释）

本支衍太原经汉晋唐宋
英贤济济登是堂应念流风未邈
宗祜依绵麓历禴祀蒸尝
子姓绳绳入其室须知式礼无愆

【款识】

169

乾隆三十七年十六世孙州同知　中辉偕弟贡生中极敬献

【位置】

王氏宗祠正厅明间

【注释】

衍：推演。

济济：众多。

流风：遗风。

未邈：未丢离。

宗祏（shí）：宗庙中藏神主之石室，引申为宗庙。

绵麓：绵山山脚。

禴祀蒸尝：四时之祭。

愆：过失。

上联：静升王氏这一支派，源自太原，经过汉晋唐宋，英贤众多，进入祠堂应牢记先祖遗风不可丢弃。

下联：宗祠在绵山脚下，春夏秋冬祭祀不断，子孙兴旺，入祠堂应照先祖式礼祭拜，不可有一点过失。

（此联由仇晓风注释）

170

第二节　撰补楹联

唱念吟哦　娱本源百世灵　九天一笑

筝琶鼓磬　怡瓜瓞千年盛　四海万福

【位置】

　　孝义祠戏台

【注释】

　　唱念吟哦：皆为舞台艺术表演之形式。吟哦，即吟咏，谓有节奏地以抑扬顿挫之声调朗诵诗文、戏文或其他。

　　本源：根本，源头，取木本水源之意，此处指历代祖先。

　　百世灵：即历代祖先之英灵。

　　九天：旧说天有九重，喻高远之意。

　　筝琶鼓磬：皆乐器。古筝和琵琶皆为用以弹拨之弦乐。磬，以玉或金属制成，鼓和磬皆为打击乐器。

　　怡：怡娱，怡乐。

　　瓜瓞：瓜之小者为瓞，瓜瓞为古人祝颂子孙昌盛之词。

　　四海：古人以为中国四面环海，故称四海，今泛指四方。

　　万福：敬祝之词，祝愿非常幸福。

　　上联：各种舞台表演都是为了愉悦历代祖先在天之灵。

　　下联：各种乐器演奏是在庆祝家族兴盛，子孙如瓜瓞绵绵，并向所有海内外王氏后裔送出祝福。

孝思无穷　念先祖隐德　积厚流光裕后世
义举不辍　期子孙学善　正心励志荣家声

【位置】

孝义祠正窑廊

【注释】

隐德：犹阴德，谓其德惠而不为人知者。

积厚流光：谓恩德聚积之厚重，足可以流芳百世。

裕：富饶宽足。

义举：正直正义而又仁善之行为举动。

不辍：不停止。

期：希望。

正心：谓使人心归向于正（正派、正道）。

励志：自勉心志，不使其放纵而产生过失。

家声：一个家庭或一个家族之名望声誉。

上联：后辈子孙之无穷孝思是因为他们深念先祖积年厚重之善之德，先祖传下来的优良家风是后世之人的财富。

下联：代代先祖之义举，之所以从不停止，是他们希望后辈子孙也能够多做善事，有良好品德，在自勉自励中，使家庭和家族之声誉更加荣耀。

（以上由温暖补撰并注释）

静升文庙楹联

瘠地庙小殿小　寡民尚念云龙柱

世间名高爵高　人心惟尊圣哲贤

【位置】

　　大成殿外楹

【注释】

　　瘠地：不肥沃的土地，贫穷瘠薄之地，谦称当地。

　　寡民：小国寡民，国小人少，谦指此方乡间百姓。

　　云龙柱：山东曲阜孔庙大成殿前，有云龙石柱，龙盘云绕，优美生动，雕刻玲珑剔透，郭沫若有诗赞曰："石柱龙盘二十株，大成一殿此尤殊。"

　　爵：爵位，君主国家对贵族所封的等级。如我国古时的公、侯、伯、子、男。

　　圣哲贤：圣，泛指道德智能极高而又广受崇敬者。哲，才智卓越者。贤，有德有才者。

　　上联：僻地穷乡，庙小殿小，当地百姓却还以有心无力，竖不起云龙柱为念。

下联：人世间尽管名气大、地位高的人很多，但人们心里最崇敬的还是那些道德高尚、才智卓绝，能教化人心，推动社会前进，促使人类走向文明的贤良者。

开教化立人伦　与天地合德
继尧舜集大成　同日月共辉

【位置】

　　大成殿内楹

【注释】

　　教化：教育感化。

　　人伦：封建社会所规定的人与人之间的关系和应遵守的行为准则。如君臣、父子、夫妇、兄弟、朋友之间的关系和规矩。

　　尧舜：皆为传说中的古代帝王。舜继尧位，两人都颇得民心，故后人以"尧天舜日"喻太平盛世。

　　集大成："大成"是孟子对孔子的评价，他说"孔子之谓集大成"，是赞颂孔子达到了集古圣先贤之大成的至高境界。

　　全联赞颂孔子的历史功德如天地之造化，如日月之光辉，如宋代理学家朱熹所言："天不生仲尼，万古如长夜。"

屈尊山乡　只缘黎庶崇敬
肃坐小殿　权当杏坛讲学

【位置】

　　大成殿内

【注释】

屈尊：降尊俯就。

黎庶：黎民百姓。

杏坛：传说为孔子讲学的地方。曲阜孔庙据此于宋天禧二年（1018）由孔子四十五代孙孔道辅监修孔庙时，将原正殿后移，而以正殿旧址"除地为坛，环植以杏"，即成杏坛。金代又于坛上建亭。

全联以崇敬和关切圣贤之口吻，言孔子因静升百姓崇敬，而不得不降尊俯就于此乡之小庙小殿内，那就权且当作是在杏坛讲学授徒吧。

道冠古今 山河海岳生情义
德侔天地 日月星辰更煦和

【位置】

大成门前外楹

【注释】

道：规律、道理、法则，《荀子·天论》："循道而不贰，则天不能祸。"另指主张、思想、学说，《论语·里仁》："吾道一以贯之哉。"

情义：情谊，人与人之间的情感。

德：为人之道，优良品行。

侔：等，齐。

煦和：温暖祥和。

上联是说孔子遵循天理法则而创行的思想学说，因居古今之首，致山川河海都会产生情谊。

下联是说孔子与天地等同的高尚道德使日月星辰的光辉都显得更加祥和温暖。

忧而忧者临圣殿 幽思生静悟
乐而乐者绕枯柏 雀跃戏寒鸦

【位置】

　　大成门后外楹

【注释】

　　忧而忧、乐而乐：宋人范仲淹《岳阳楼记》中"先天下之忧而忧，后天下之乐而乐"句意。

　　静悟：在无声的静寂（或闹中取静）中沉思而有所启发，有所明，有所得。

　　此联结合静升文庙内的枯柏寒鸦、孩童嬉戏及长者躬身读碑的实际情景，以"先天下者"和"后天下者"描写长幼两种游客不同的心态。

老庙老殿 本含元明土木
残碑残碣 犹见康乾文章

【位置】

　　大成门前内楹

【注释】

　　元明土木：静升文庙，初建于元代，重修于明清。

　　碣：特立之石，方者为碑，圆者为碣，现通为碑石之称。

　　全联意为：静升文庙本为元代建筑，历经明清，历史悠久；庙内现

存碑碣多已残断，却还可以看出是清朝康熙、乾隆年间的文字。

明师良友 惟思崇文报国
论道议经 尤赏妙墨华章

【位置】

大成门东耳房

【注释】

全联意为：交往明白通达的师长和善良诚信的朋友，大家都想通过崇尚文化学识来报效国家；研读经史子集、议论天道理法时最为欣赏的是那些绝妙的书籍文章及其书写的墨迹。

入泮来孜孜矻矻 砺志状元及第
为官后跃跃恂恂 悉心仁政惠民

【注释】

入泮：科举时代考中秀才的生员称入泮。旧称文庙为学宫或泮宫，因学宫内有水池曰泮池。此处指进入此庙学。

孜孜矻矻（kū）：勤勉不怠。

砺志：磨炼意志。

状元及第：科举时代殿试考中第一。

跃跃恂恂（xún）：内心急切而又诚实谦恭。

悉心：全心全意，尽心尽力。

仁政惠民：以宽厚仁慈的政治举措，施恩惠于广大平民百姓。

全联意为：进庙来勤勉不懈地学习是为了最终能金榜题名；中举入仕后实实在在尽心尽力地

实施仁惠政治，使一方百姓得以安居乐业。

无欲者圣 寡欲者贤 欲迷者昏而败裂

厚德者高 修德者贵 德矮者鄙而卑微

【位置】

　　东配殿外

【注释】

　　欲：此处指超越常情的私欲和一切不正当的欲念。

　　上联：没有欲念者可称圣人，欲念极少者可称贤人，那些因欲念过多而迷乱昏聩者最终必身败名裂。

　　下联：道德厚重者崇高，修养道德者可贵，道德低下者必然因品质恶劣，多受鄙夷，被人不齿。

敬贤尊师 纵位显未必矮下

闻道受教 虽冥愚岂无高行

【位置】

　　大成门西耳房

【注释】

　　上联：尊敬圣贤并效法一切可为表率的人，纵然他地位显赫高贵，也不会因此而看不起有德之人。

　　下联：凡能顺从天理法则而又接受教育的人，尽管他也许还显得愚钝或不够聪颖，但他也不可能没有高尚的行为。

颜子四勿 孟子四端 君子修身树德务本
圣人三省 贤人三鉴 庶人向善从义敦行

【位置】

西配殿外

【注释】

颜子：颜回，又名颜渊，孔子最得意的弟子。

四勿：宋人朱熹《斋居感兴诗》："颜生躬四勿，曾子日三省。""四勿"语出《论语·颜渊》："非礼勿视，非礼勿听，非礼勿言，非礼勿动。"

孟子：姓孟名轲，继孔子之后儒家的主要代表人物。

四端：儒家称人的四种固有的德行。《孟子·公孙丑上》："恻隐之心，仁之端也；羞恶之心，义之端也；辞让之心，礼之端也；是非之心，智之端也。"

君子：人格高尚、才德出众者。与"小人"相对。

修身：内心道德的自我修养。

树德：立德。

务本：专力于根本之道。

圣人：泛指人格道德至高无上者。也专指孔子。

三省：语出《论语·学而》："曾子曰：'吾日三省吾身。'"三省指多次反省，详察自己的过失。

贤人：有道德而善良多才者。

三鉴：汉代荀悦《申鉴》："君子有三鉴，鉴

乎古，鉴乎人，鉴乎镜。"《新唐书·魏征传》："帝后临朝，叹曰：以铜为鉴，可正衣冠；以古为鉴，可知兴替；以人为鉴，可明得失。朕尝保此三鉴，内防己过。今魏征逝，一鉴亡矣！"

庶人：即平民。

向善：向往善良。

从义：听从或顺从于正确的、正当的、合乎道德规范的言行风尚。

敦行：尊崇、注重，使自己品行高尚。

全联通过颜子、孟子、曾子等圣贤的高尚品格，引导人们修身向善，具德具才。

至圣乃布衣 却修齐治平所师 天子王侯所敬
经史如常卷 然上下古今多鉴 鄙夫志士多依

【位置】

寝殿

【注释】

至圣：指孔子。

布衣：封建社会中平民的别称。

修齐治平："修身、齐家、治国、平天下"的缩语。《礼记·大学》："古之欲明明德于天下者，先治其国；欲治其国者，先齐其家；欲齐其家者，先修其身。"

天子：古称统治天下的帝王。《礼记·曲礼下》："君天下曰天子。"

王侯：王，帝王或郡王。侯，古代贵族分为公、侯、伯、子、男五等爵位。侯为二等。王侯有时也泛指高官。

经史：即经、史、子、集，我国古代图书四大部类之泛称，或专指前二类。经，包括儒家经典和语言文字方面的书。史，包括各种历史、地理书籍。

常卷：平常书卷。

鄙夫志士：粗陋常人和有节操有大志者。

180

上联：孔子虽是平常百姓，但纵然是帝王将相、王公贵族，在修身齐家治国平天下等各个方面，也还要以其为师，有所敬重。

下联：经史子集等儒家经典虽同平常书籍相似，可从古至今无论常人或志士，都必然有所借鉴或依从。

师古悟今 尊贤仰圣弘道
敦诗说礼 尚义怀仁树德

【注释】

师古悟今：以古为法又能由此明悟当下。

尊贤仰圣：尊重贤人，敬仰圣人。

弘道：对道德义理的弘扬光大。

敦诗说（yuè）礼：尊崇《诗经》、诗书，爱好《礼经》、礼法、礼仪。

尚义怀仁：崇尚道义，心怀仁慈。

树德：立德。

全联弘扬圣贤道义，尤点明师古应该悟今。

师表宇内 万代人中龙
教泽伦常 千秋造物心

【位置】

东圣迹廊

【注释】

师表：可效法而为表率。

宇内：天下。

人中龙：人类中可敬为神圣的至高无上者。

教泽：教育感化之恩泽。

伦常：人伦之常道。

造物：古代认为的一种创造万物的神力。

上联：作为万世师表的孔子实在是人类中可敬的至圣至上者。

下联：其诲人不倦、教育感化，致人伦有常、社会有进的一颗圣人之心，实在称得上是千秋万代天地造物之心。

圣德传万代　有教无类
民本耀九州　安邦治国

【位置】

　　西圣迹廊

【注释】

　　圣德：圣人（此专指孔子）之功德、恩德。

　　有教无类：语出《论语·卫灵公》，言人无等级类别，皆应受到教育。

　　民本：以民为本。"民惟邦本"之略。《尚书·五子之歌》："民惟邦本，本固邦宁。"此处指孔子反对苛政，提倡德治和教化，以及"不患寡而患不均，不患贫而患不安"等一系列的民本思想。

　　九州：古时我国的地域区划，即冀州、兖州、青州、徐州、扬州、荆州、豫州、梁州、雍州。

　　安邦治国：民有所安，国有所治。

　　全联意为：孔子关于人人都应平等受教育的主张功垂万代；在治理国家方面，孔子"民本"思想的光辉照耀九州。

读孔孟 议颜曾 学而不厌
诵诗书 析礼易 温故知新

【位置】

尊经阁外

【注释】

孔孟：孔子、孟子。此处指他们的思想言论著作。

颜曾：颜回、曾参，皆孔子的得意门生。

学而不厌：语出《论语·述而》："子曰：默而识之，学而不厌，诲人不倦，何有于我哉！"指有毅力而满怀兴趣地学习。

诗书礼易：儒家尊崇之经典著作。诗指《诗经》；书指《书经》，又叫《尚书》；礼指《礼经》，又称《仪礼》；易指《易经》，又名《周易》。

温故知新：《论语·为政》："温故而知新，可以为师矣。"意谓温习已学过的知识，又可获得新的知识，也借指重温历史，可以从古鉴今。

全联意为：读孔孟颜曾等圣贤的著作，学而不厌；研究诗书礼易等经典，温故知新。

士敬仕敬四海敬

虔心谦心千古心

【注释】

士：旧时指研究学问的文化人，是介于大夫和庶民之间的一个阶层。

仕：旧时指做官，亦指做了官的人。

四海：古人以为我国四境环海，故称四方为四海。

全联尽言对孔子和古圣贤的尊敬，文人官人，四海五洲，虔诚之心，谦恭之心，千秋万代都在人们心中。

圣人无爵位 一言九鼎
贤者有智识 只字千钧

【位置】

尊经阁

【注释】

圣人：思想道德、品行见识很高的人。或专指孔子、孟子。

爵位：受封的官职地位。

九鼎：极言其重，有分量。鼎，三代时的传国宝器，为夏禹收九州之金所铸。

贤者：贤人，仅次于圣人的人。

智识：文化知识，智慧、智能。

千钧：极言其重。古代三十斤为一钧。

全联意为：圣人、贤人虽无爵位，却有传世之言遗世，字字句句分量重，备受世人尊崇。

士虽有学 而行为本
人若无耻 天道不容

【注释】

行：品行道德之行；"听其言，观其行"和"言行一致"之行。

天道：古代哲学术语，指日月星辰等天体

184

运行的自然规律。此处指"天地人心"。

　　全联意为：有知识的人虽有学问，但是品行是其根本；人若无良好的品行，不坚持走正路，则天理不容。

半部论语治天下　慨乎昔日
千般圣言传世间　怡然今朝

【位置】

　　大成门后内楹

【注释】

　　半部论语治天下：《论语》是儒家经典之一，是由孔子的弟子编纂的有关孔子言行的记录，共二十章。是研究孔子思想的主要资料。历代封建王朝统治者极为尊崇。宋朝赵普做宰相时，有人说他读书仅《论语》而已，宋太宗为此问他，对曰："臣平生所知，诚不出此，昔以其半辅太祖定天下，今欲以其半辅陛下致太平。"（宋罗大经《鹤林玉露》）故有"半部《论语》治天下"之说。

　　慨乎：感叹，感慨。

　　圣言：圣贤言论。

　　怡然：开心，怡悦。

　　全联意为：昔日所谓"半部《论语》治天下"之说，令人感慨感叹；却可喜圣贤言论如今还流传世间，让我们能够取其精华，择善而从。

　　　　　　（以上由温暖补撰并注释）

资寿寺楹联

第一节　选补楹联

师卧龙　友子龙　龙师龙友
弟翼德　兄玄德　德弟德兄

【位置】

　　关帝庙结义亭前

【注释】

　　卧龙：比喻隐居的俊杰。这里特指诸葛亮。

　　子龙：即赵云（？—229），三国常山真定（今河北正定县）人，字子龙。蜀汉大将，关公的友人。

　　翼德：即张飞（？—221），三国蜀汉大将。字翼德，涿郡（治今河北涿州市）人。关公桃园结义之弟。

　　玄德：即刘备（161—223），蜀汉昭烈帝。三国时蜀汉的建立者，字玄德，涿郡（今河北涿州市）人。关公桃园结义之兄。

　　上联：关羽把诸葛亮、赵云当作自己一生的良师益友。

下联：关羽和刘备、张飞桃园结义，其同生共死之情义，更在于兄弟同德。

汉室赖三人 得留住百年社稷
桃园遵一结 解不开万古肝肠

【位置】

关帝庙结义亭后

【注释】

汉室：汉，朝代名。公元前206年刘邦（即汉高祖）灭秦，后又打败项羽，于公元前202年称帝，国号汉，建都长安（今陕西西安），历史上称为西汉或前汉。公元8年，外戚王莽代汉称帝，国号新，曾进行复古改制。公元17年，爆发赤眉、绿林农民大起义。公元25年，远支皇族刘秀（即汉光武帝）重建汉朝，建都洛阳，历史上称为东汉或后汉。延康元年（220）曹丕称帝，东汉灭亡。汉代共历二十六帝，统治四百余年。室，家。杜甫《石壕吏》诗："室中更无人，惟有乳下孙。"亦谓家资。《国语·楚语上》："施二师而分其室。"汉室，即汉朝的天下。

赖：依赖，依靠。

三人：即桃园结义的刘备、关羽、张飞三人。

得：能，可。《孟子·梁惠王上》："王之所大欲，可得闻与？"《后汉书·隗嚣传》："田为王田，买卖不得。"

社稷：古代帝王、诸侯所祭的土神和谷神。

《白虎通·社稷》："王者所以有社稷何？为天下求福报功。人非土不立，非谷不食。土地广博，不可遍敬也；五谷众多，不可一一而祭也。故封土立社示有土尊；稷，五谷之长，故封稷而祭之也。"旧时用作国家的代称。《礼记·曲礼下》："国君死社稷。"又《檀弓下》："能执干戈以卫社稷。"

桃园：特指刘、关、张结义之地。

遵：依从，按照。《史记·曹相国世家》："参代何为汉相国，举事无所变更，一遵萧何约束。"

一结：指桃园三结义，三人焚香盟誓："同心协力，救困扶危；上报国家，下安黎庶；不求同年同月同日生，只愿同年同月同日死。皇天后土，实鉴此心。"

解：解释，解开。《史记·吕太后本纪》："君知其解乎？"

肝肠：喻称人的内心。《梁书·伏挺传》："娱肠悦耳。"

上联：汉室依赖刘、关、张齐心协力建立蜀汉政权，又使其江山社稷得以延续数十年。

下联：关羽、张飞遵照桃园结义，追随刘备一生，却未能实现匡复汉室之志，其因其情，尽在肝肠寸心之内，常引人惋惜而深思不已。

（以上古联由郑建华注释）

第二节　撰补楹联

大义参天地　浩然之气
精忠贯日月　赤子之心

【位置】

关帝庙山门

【注释】

大义：正道，大道理。《三国志·蜀书·诸葛亮传》："孤（刘备）

不度德量力，欲信（申）大义于天下。"要义，要旨。《后汉书·光武帝纪上》："受《尚书》，略通大义。"

参天地：参，参谒、参与、参酌、参劾、参佐、参透、参悟的综合意义。天地，人类赖以生存发展的大自然天地日月和人类自身精气神的总体涵盖。此处"大义参天地"即指关羽所奉行的人间正道简直可以作用于天地日月之运行和人类善恶之所向。

浩然之气：语出《孟子·公孙丑上》："我善养吾浩然之气。"浩然之气即正直、刚直、吞吐天地日月古今上下之气概、气势。

精忠：极尽忠诚。或特指忠君。

贯日月：贯通天地日月。

赤子之心：赤子，初生的婴儿。赤子之心喻人心之纯真、纯正、纯洁。

上联赞誉关羽"义不负心，忠不顾死"的忠义思想及其感天动地的凛然正气、浩然大气。

下联赞誉关羽尽心竭力辅佐蜀汉的忠诚精神及其光明磊落、堪与日月同辉的纯真品格。

（此联由温暖补撰并注释）

静虑天地　瀚海犹如法海
悠怀众生　凡心便是佛心

【位置】

尊天阁前楹

189

【注释】

静虑：涤除一切杂念，静心思考，渐至禅境，坐禅时驻心于一境，冥想妙理。

天地：指自然界或社会。

瀚海：泛指五湖四海广大天地。

法海：比喻佛法深广如海。

悠怀众生：悠，思念。怀，关怀。众生，泛指人和其他一切生物。悠怀众生，是说永远在忧思关爱万类众生。

凡心便是佛心：凡心，众生的心。众生的心，就是佛性，众生的身相都是佛的身相，众生在本质和表相上都是佛，也即"一念若悟，众生是佛"。

全联意为：只有正心修身，才会得道成佛。上联言佛法之大，无处不在。下联讲以平常之心修炼，便可悟得佛门真谛，修得正果。

法眼无尘 护佛祖慈航普渡

慧心有道 呼众生苦海游离

【位置】

尊天阁后楹

【注释】

法眼无尘：菩萨之眼睛，一尘不染的明净。法眼也指智慧。

佛祖：佛教之成道者称佛，开一宗派者为祖师，合称佛祖。此处专指释迦牟尼。

慈航普渡：佛家以佛法之力使人脱离苦海，走向彼岸。

慧心有道：空朗、聪慧并能悟解佛道之心。

众生：一切有生命者，芸芸众生。

苦海游离：从无穷之苦境中挣扎出来。

本联旨在赞颂护法神韦驮，言其法眼慧心，一边护佑释迦牟尼以佛法普渡慈航，一边招呼众生挣离苦海。

梵土净地　难容城狐社鼠
佛门清风　尽扫鬼蜮魔星

【位置】

　　山门内楹

【注释】

　　梵土：原指古印度国境，现指佛陀所在地。

　　净地：又称净土，指清净的国土，佛所居住的无尘世污染的清净世界，也名佛土，为佛家理想的境界，亦称极乐世界，多指西方阿弥陀佛净土。

　　城狐社鼠：也作社鼠城狐。社庙中的鼠，城隍庙中的狐，比喻狡猾而倚势作恶的奸佞小人。

　　佛门清风：佛门，指佛家，佛国之净土。清风，清惠的风化。

　　鬼蜮（yù）：鬼和蜮都是害人的精怪。蜮，古代传说中一种能含沙射人使人发病的怪物。

　　魔星：魔，魔罗的省称，指破坏佛法之魔王

及魔众，为佛教之大敌。佛教把一切扰乱身心、破坏行善者和一切妨碍修行的心理活动均称作魔。

上联：梵国净土，不容一切坏人倚仗权势，兴风作浪。

下联：佛门善境，法力无边可荡除一切妖魔鬼怪，为芸芸众生祈福保平安。

土中白玉　惟识仁者善者
地内黄金　不附恶人奸人

【位置】

　　土地殿外楹

【注释】

　　土中白玉、地内黄金：系民间土地堂传统楹联"土中生白玉，地内出黄金"的省称。因土地是伽蓝殿之护法神之一，故土中白玉、地内黄金，又隐喻土地伽蓝神。土中白玉识仁者善者，即伽蓝神识仁者善者；地内黄金不附恶人奸人，即伽蓝神能识恶人奸人。对于恶鬼奸鬼，不让他混入寺内，扰乱寺规。

　　全联意为：本联首字按"嵌字格"为"土地"二字，但土地指伽蓝神，伽蓝神有孙悟空般的火眼金睛，能识白玉好坏，能识仁者贤者，真金不怕火炼，伽蓝土地神有识玉辨材的能力。真玉假玉，真金假金，好人坏人，魑魅魍魉分得一清二楚，恶鬼恶魔难以过关。

　　（以上由温暖补撰，张国华注释）

192

容难容之事　岂在肚大肚小
笑可笑之人　焉知吾是吾非

【款识】
　　佛历二五四三年荷月　耿彦波撰
【位置】
　　弥勒佛殿外楹
【注释】
　　容：容纳，容忍。
　　岂在：副词，用于疑问或反诘。这里的岂在，可解释为不在乎。
　　肚大肚小：指涵养，度量的大小。原先的弥勒法相华美庄严，端正温肃，一如释迦如来。五代后梁时期垂乳大腹的布袋和尚涅槃时说："弥勒真弥勒，分身千百亿，时时示世人，世人苦不识。"后人以为布袋和尚是弥勒转身。遂以其形象塑弥勒像，故称大肚弥勒佛。而资寿寺建于唐，依原法相塑像，之后屡次复修不改原样，故肚小。清道光时本殿曾名释迦殿，村人因一庙两释迦（大雄宝殿应身佛为释迦如来）不合庙制，仍复称弥勒殿。因之有"肚大肚小"之说。
　　笑：嘲笑，耻笑。
　　焉：怎么。
　　全联意为：容天下难容之事，须如佛一样大彻大悟，真正做到襟怀广阔，

而不是形式上的"肚大肚小"。以一孔之见，片面主观地认为他人可笑，难免将被后人和历史耻笑。

（此联由张国华注释）

清风明月　一瓣净心可资寿
古寺幽山　几杵晨钟唤大觉

【位置】

山门前楹

【注释】

一瓣：一瓣香，也称一瓣心香，即一炷香，意为焚香敬礼，表示虔诚。

净心：无邪欲、杂念的心境。

资寿：资，供给，资助。寿，寿命，寿数。资寿即企盼给予众生长寿健康。本寺碑载："祝帝道以遐昌，资群生于寿域。"

幽山：深远、隐蔽、静寂的山，这里指寺院山门。

几杵（chǔ）晨钟：按时按数敲响晨钟。晨钟暮鼓，佛寺早撞钟，晚击鼓，表示准确报时，唤醒佛寺众僧诵经拜佛。

唤大觉：唤，呼唤，唤醒。觉，领悟真理为"觉悟"。大觉指佛的觉悟。

全联意为：以清风般不争不竞的胸怀一心向善，以明月那样无欲无求的精神敬佛礼圣，便可康阜仁寿；千年古刹的声声晨钟，可唤起如佛一样彻底尽源的觉悟，而积功行满，举一指而降魔。

久谙三乘 清心静性参佛祖
常修四谛 束身笃志悟禅经

【位置】

大雄雷音宝殿内楹

【注释】

谙（ān）：熟记，熟悉。

三乘：梵文 Triyana 的意译。乘，指运载工具。佛教宣称人有三种"根器"（人性如木曰根，根能支物曰器），因此有三种不同的修持途径，并把这种修持途径比作所乘的三种车，故名。三乘是：声闻乘，"小根器"人从佛闻法，悟"四谛"道理，求证"阿罗汉果"。缘觉乘，"中根器"人自借十二因缘法，得觉悟，求证"辟支佛（缘觉）果"。菩萨乘，"大根器"人着重"利他"，修"六度万行"，求证"佛果"之道，旨在普度众生。

参：下级晋谒上级，如参谒。这里指佛教徒参拜佛祖。

修：学习，研习。

四谛：佛教基本教义之一，指释迦牟尼最初说教的内容，即苦、集、灭、道四谛。按照佛经解释，"谛"是"真理"的意思。佛教认为，人世间的一切都是"苦"的，叫"苦谛"；招感这些苦果的烦恼业因，叫"集谛"（"集"是"因"的意思）；要想解脱苦果，只有除烦恼，从而达到"寂灭为乐"的"涅槃"境界，叫"灭谛"；而要达到"涅槃"境界，就必须修"道"，叫"道谛"。其中苦、集二谛系世间因果，集谛为因，苦

谛为果；灭、道二谛系出世间因果，道谛为因，灭谛为果。

束身：规范自身的行为。

笃志：志向专一不变。

悟：了解、领会。

禅经：佛教的禅观之经学。主张不立文字，教外别传，直指人心，见性成佛。

全联意为：时时清除心中邪念，静定参佛信心，研究佛祖自度、度人的三乘教法，就能使众生达到解脱。常常静坐敛心，专注一境，禅悟佛学中"不立文字，教外别传"的四谛真理，方能到达"直指人心，见性成佛"的境界。

佛恩普施 尽收极乐
法雨遍洒 广济群生

【位置】

弥陀佛殿外楹

【注释】

佛恩：佛祖所具有的功德。《俱舍论二十七》曰："诸有智者思惟如来三种圆德深生爱敬。其三者何？一因圆德，二果圆德，三恩圆德。"

普施：普遍施行。语出《晏子春秋·问上》："不以宫室之侈，劳人之力，节取于民，而普施之。"

尽收极乐：完全皈依极乐世界。佛经中指阿弥陀佛所居住之国土，俗称西天。佛教认为，住在这里就可以获得一切欢乐，摆脱人间一切苦恼。《阿弥陀经》称："从是西方，过十万亿佛土，有世界名曰极乐……其

国众生无有众苦，但受诸乐，故名极乐。"

法雨：指佛祖说法，普及众生，有如甘露雨水滋润万物。妙法能滋润众生，故比之为雨。《无量寿经》："犹如大雨，雨甘露法润众生故者。"

上联：阿弥陀佛时时在普施恩德，将众生全部送往极乐世界。

下联：佛祖说法普及众生，如甘露雨水滋润万物广济天下群生出苦海达彼岸。

慈心妙法　消灾祛百病
悲怀祥光　延寿护众生

【位置】

药师殿外楹

【注释】

慈心：慈悲之心。佛经谓以爱护心给予众生安乐为慈。

妙法：佛教语，指义理深奥的佛法。

悲怀：忧伤的情怀。佛教语。佛经谓以怜悯之心拔除众生的痛苦为悲。

祥光：祥瑞之光，象征吉祥吉利。佛教认为，佛的法力广大，觉悟众生犹如太阳破除昏暗。

本联用"嵌字格"方式，上联首字为"慈"，下联首字为"悲"，将两字合成词，则是慈悲，也即大慈大悲。是说佛、菩萨对众生所发的慈善心和怜悯心。《大智度论》卷二十七载："大慈大悲者，四无量心中已分别，今当更略说：大慈与一切众生乐，大悲拔一切众生苦。"道藏《云笈七签》："圣人兴，大慈大悲，爱若赤子随时化生，随宜救拔。"这是说圣人的心肠慈善，可以随时化生，随宜救拔。药师菩萨，又有大医王佛、药师琉璃光如来、医王善逝等称谓。"消灾祛百病""延寿护众生"就是药师佛拔除一切众生苦，与一切众生共乐的慈悲心愿。

上联：发慈心施妙法除百病与一切众生乐。

下联：悲众苦发善心觉黎庶拔一切众生苦。

见了便为 了了有何不了
慧生即觉 生生还是无生

【位置】

三大士殿外楹

【注释】

了：第一、二、四个"了"，读liǎo，了结，结束，《晋书·傅咸传》："官事未易了也。"第三个"了"，读le，表示动作或变化已经完成。

了了：清清楚楚。《五灯会元》卷一：鹤勒那尊者"乃说偈曰：'认得心性时，可说不思议，了了无可得，得时不说知。'"

慧：佛教指能悟道的心，后泛指智慧。

觉：领悟真理为"觉悟"。

生：发生，产生。

生生：佛教认为本无今有叫作"生"，而能生此"生"，则名为"生生"。

全联意为："了"，清清楚楚结束了，可"不了"又产生了；"生"本无今有，可有"生生""灭灭"等九法在流转轮回，"生"成了"无生"。"了"与"生"是一对矛盾，在永不停息地相互转化。

善恶两辨 身后有余快缩手
因果一脉 眼前无路早回头

【位置】

　　地藏王殿外楹

【注释】

　　善恶两辨：辨清善良的举动和坏的、污秽的行为。

　　余：余地，空余的地方，引申为言论或行动可供回旋的地步。

　　缩手：收回伸出的手，不要去干恶事坏事。

　　因果：佛教依据"未作不起，已作不失"的理论，认为有起因必有结果，"善因"有"善果"，"恶心"有"恶果"，故名"因果报应"。

　　一脉：一个血统或派别，这里指因果联系，不可分割。

　　全联意为：善恶两种行为要辨清，凡事要留有余地，要及时把邪恶的手收回来；因缘和果报是一脉相承的，眼前如果没有出路的话，一定要及早回头。

　　（以上由李能永补撰，张国华注释）

顶礼膜拜佛脚下 邪欲当尽散

敬香献花菩萨前 信念须倍增

【位置】

　大雄雷音宝殿外楹

【注释】

　顶礼膜拜：佛教徒最尊敬的拜佛礼节。顶礼，头、双手、双足五体俯在菩萨足下的叩礼；膜拜，举手加额，长跪而拜，为表示极端恭敬或畏服的行礼式，也专指拜神佛。

　佛：梵文 Buddha（佛陀）音译的简称，也作"浮屠""浮图""没驮""勃驮"等，意译"觉者"。佛经说，凡是能"自觉""觉他""觉行圆满"皆名为"佛"。佛教徒以此为其教主释迦牟尼的尊称。后来也泛指佛经中所说的一切佛陀。

　邪欲：邪，不正当，不正派。欲，欲望、欲念。佛教中喻贪欲、情欲深广如海，可以使人沉溺，故当戒之。小乘教经论的教旨第二条言："七情六欲，我见我爱，皆不应有。"邪欲当指此。

　敬香献花：香与花，同为供奉佛之物，以香与花供奉为佛教一种虔诚的礼敬仪式。

　菩萨：梵文 Bodhi-sattva（菩提萨

埵）的音译简称。意译为"觉有情"，即"上求菩萨（觉悟），下化有情（众生）"的人。或译为"大士"，即"发大心的人"。原为释迦牟尼修行尚未成佛时的称号，后广泛用作对大乘思想实行者的称呼。一般对崇拜的神像，也称为菩萨。

信念：对某种宗教或某种主义信服的观念。

全联意为：虔诚地敬献香、烛、花，叩拜佛祖，必须散尽"七情六欲，我见我爱"等各种邪念，方能从生、老、病、死等各种苦恼中解脱出来，成佛的信念自然倍增。

神君护善业 尘寰有治
天将镇妖邪 鬼魅难逃

【位置】

清源真君殿外楹

【注释】

神君：神灵，神仙，这里指二郎神。二郎神，原属道教神灵，宋以后各地多立祠庙奉祀，其原形是氐羌神话中的猎神和水神，也称"灌口二郎神"。民间传说为李冰的次子。北宋张商英《元祐初建三郎庙记》："李冰去水患，庙食于蜀之离堆，而其子二郎以灵化显圣。"朱熹《朱子语类》卷三："蜀中灌口二郎庙，当时是（秦）李冰因开离堆有功立庙，今来现许多灵怪乃是他第二儿子。"民间有李冰父子降伏孽龙的传说。另一影响较大的说法认为二郎神是赵昱，因斩除潭中吃人老蛟，民感其德，立庙于灌江口礼之，俗呼为灌口二郎神。唐太祖封其为神勇大将军。唐明皇幸蜀，加封为赤城王。宋真宗晋封为清源妙道真君。此说法有唐宋三帝加封，故村人所立资寿寺之二郎神当指赵昱。

善业：业在佛家来说为造作之意，善业指五戒十善等善事之作业。佛教把身、口、意三方面的活动称为"三业"，这些业又分为善、不善、非善非不善三种，能引起善恶等报应。

尘寰：指人世间。

天将：天上的神将，此处指二郎神清源真君赵昱。

上联：二郎神保佑善民善业，扬善制恶，使尘世间得到大治。

下联：天将镇妖避邪，魑魅魍魉难逃法网。

神威震华夏 封侯封王封大帝
英灵贯古今 称圣称佛称天尊

【位置】

关帝庙正殿廊

【注释】

神威：明神宗万历三十三年（1605）改封关羽为"三界伏魔神威远镇天尊关圣帝君"，明熹宗天启四年（1624）重颁万历三十三年封号，清世祖顺治九年（1652）封关羽为"忠义神威关圣大帝"，清乾隆五十二年（1787）高宗题赐台湾府关帝庙曰"神威翊应"，后又题山东泰山关帝庙御匾曰"神威巨镇"。神威，奇异莫测，异乎寻常的威力。神，奇异莫测，异乎寻常。威，威力。

震华夏：清穆宗同治九年（1870）为当阳关陵题御匾曰"威震华夏"。震，震动。华夏，亦作"诸夏"。汉族先民或中国（中原）的古称。"华"意为"荣"，"夏"意为"中国之人"。孔颖达疏谓"中国有礼义之大故称夏，有服装之美谓之华"，并认为华夏连称"谓中国也"。震华夏，震撼中华大地。

封：帝王把爵位或土地赐给臣子。

202

王：本为天子，统治天下之君。秦始皇以后，天子一律称"帝"，于是皇帝可以封功臣或亲戚为"王"，"王"成为封建时代的最高爵位。

大帝：至尊的神。大，敬辞。帝，本指天神，整个宇宙的主宰者。引申为泛指尊神。

英灵：受崇敬的人去世后的灵魂。本联指关羽不朽的在天之灵。

贯：用绳子穿起来。引申为贯通、穿通。

古今：早已过去的年代和现在。

称：称作，赋予某人名称，多为褒义。

圣：道德极高、智能极高的人，仅次于神。

佛：梵语 buddha（佛陀）音译的略称。意译"觉者""觉"。觉有三义：自觉、觉他（使众生觉悟）、觉行圆满，是佛教修行的最高果位。小乘佛教一般用作对释迦牟尼的尊称。大乘佛教除指释迦牟尼外，还泛指一切觉行圆满者，认为其数甚众。佛教认为关羽觉行圆满故称其为佛。

天尊：道教徒对该教所奉天神中最高贵者的尊称。

上联：超凡的威力震撼华夏大地，从古到今，被历代帝王赐封为侯、王以至大帝。

下联：关羽之英灵贯通古今，古往今来，被儒、释、道三教崇拜为圣人、佛、天尊。

英灵贯古今称圣称佛称天尊

神威震华夏封侯封王封大帝

夜读春秋 尊嫂破操计
日践孙子 襄兄复汉天

【位置】

关帝庙东碑亭

【注释】

夜读春秋：据《关公圣迹》（朱正明著）："曹操为离间关羽与刘备之君臣关系，有意使关羽和刘备的两位夫人同居一宅；关羽安排两位嫂夫人就宿后，独自秉烛立于室外，静读《春秋》，直至天明，毫无倦色，令曹操十分感动。"

尊嫂：尊重嫂夫人。

破操计：打破了曹操的计谋。

日践孙子：每天都在实践着《孙子兵法》。

襄（xiāng）兄：帮助兄长。襄，帮助，如襄理。兄，指刘备（161—223），即蜀汉昭烈帝。

复汉天：恢复汉室的天下。

上联：秉烛于室外，通宵达旦地阅读《春秋》，以尊重嫂夫人的感人行为打破了曹操的诡计。

下联：每天都在实践着《孙子兵法》，鼎力帮助义兄刘备恢复日趋倾颓的东汉政权。

读好书说好话是垂训
行好事作好人乃铭言

【位置】

关帝庙西碑亭

【注释】

"读好书，说好话，行好事，作好人"为"关帝垂训"古碑（又称"四好碑"）内容。"关帝垂训"碑刻制于清穆宗同治十年（1871），藏于关陵。关陵在当阳（今湖北省当阳市）城西三千米处。

读：古人所谓"读"，包括诵读、讲解和研究。

好书：内容良好的书籍。本联指儒家经典著作，如"四书五经"《周礼》《仪礼》《礼记》《孝经》等。

好话：良言。

垂训：遗留下的教诲。

好人：人格高尚的人，即忠义孝友诚信之人。

乃：是。

铭言：永志不忘的话。铭，记载，镂刻。

上联：研读内容良好的书籍，讲实而有序、信而有征、当而有宗的话，这是关圣遗训。

下联：实实在在地去做有益于社会、有益于他人的善事，做一个忠义孝友诚信的人，这是关圣铭言。

功在佛门　善举长存百世
名垂青史　大义永著千秋

【位置】

功德亭前楹

【注释】

功：功德、功业和德行。佛教中指诵经、念佛、布施等，指为敬佛所出的捐款、所办的善事。

佛门：指佛教界。

功在佛门：指台湾震旦集团董事长陈永泰先生捐赠资寿寺流失海外的十八尊罗汉头像回归故里，使之身首重合之义举。更大的功劳，则归于苏溪村民，他们创建了古寺，且在历代农民战争、抗日战争、解放战争、反封建迷信斗争中，将历史文化遗迹、文物完好无损地保存了下来，功劳不可磨灭。

善举：善良、美好的举动。

垂：流传下去。

青史：古代在竹简上记事，因称史书为"青史"。

大义：正道、大道理。

著：显出，突出。

千秋：千年、千载，形容年代久远。

全联意为：陈永泰先生捐赠十八罗汉头像义举，功在千秋，定将青史留名，长存百世。

（以上由张国华补撰并注释）

206

下编

「匾额诠释」

匾额，悬挂在厅堂或亭榭上的题字横牌。它言简而明志，意赅而警世。匾额点缀在王家大院景区建筑物内外要处，其质地有砖、木、石；书法有楷、行、草、隶、篆；形式有秋叶、册页、手卷、折扇、此君、碑文；内容有歌功颂德、忠孝节义、写景抒情等，均含蓄隽永，启人联想。

视履堡建筑群匾额

寅 宾

【位置】

视履堡东堡门外

恒贞堡四甲红杏园后院门

【注释】

恭恭敬敬导引日出。《尚书·尧典》:"分命羲仲,宅嵎夷,曰阳谷,寅宾出日。"孔传:"寅,敬。宾,导。"孔颖达疏:"令此羲仲恭敬导引将出之日。"《尚书考灵曜》卷二:"春夏民欲早作,故令民先日出而作,是谓寅宾出日。"

视 履

【款识】

丙寅孟夏

【位置】

东堡门内

【注释】

考察其行为得失，一
生大吉。《易·履》，象曰：

"上天下泽，履。君子以辨上下，定民志。"意思是说履卦由乾（天）兑
（泽）组成，一上一下，等级有序，君子要划清上下界限，区别尊卑等
级差异，这便是礼。"视履考祥，其旋元吉"，是说行为符合礼的要求，
考察得失，一生大吉。

敦 厚

【位置】

乐善堂大门

【注释】

淳朴宽厚。《礼记·经
解》："其为人也，温柔敦
厚，《诗》教也。"苏轼《上
富丞相书》："刚健而不为强，敦厚而不为弱，此明公之所得之于天。"

凝 瑞

【款识】

辛未仲夏

【位置】

敬业堂府第门

【注释】

凝：凝聚、凝结。
瑞：瑞应之气。泛指吉
祥之气。《晋书·天文
志·中》："瑞气，一曰

庆云，若烟非烟，若云非云，郁郁纷纷，萧索轮囷，是谓庆云，亦曰景
云，此喜气也。"

映　奎

【位置】

桂馨书院东月亮门手卷额

【注释】

映：照耀。奎：奎
星。古人认为奎星主文
章，故又用以指文章、文
字、文事之类。映奎：意

为奎星光辉照耀着书香门第，文事兴盛，科考顺利。

探　酉

【位置】

桂馨书院西月亮门

【注释】

探：探讨，研究。酉：
小酉山，在湖南省沅陵县
西北。《太平御览》卷四十

九，引南朝宋盛弘之《荆州记》："小酉山上石穴中有书千卷，相传秦人于此学，因留之。"后因以酉室指书斋。酉阳，借指传世稀见的古籍。这里的探酉指研究学问，探讨知识。同时提示此处建筑主题是书院。

桂　馨

【款识】

　　己未桂月　直夫肯为题

【位置】

　　桂馨书院后院门

【注释】

　　作者：王肯为，字子毅，静升王氏十八世孙，曾任户部浙江司员外郎，湖南宝庆府知府。

　　桂馨原指桂花散发出的香味。隐喻科举及第。《晋书·郤诜传》："（诜）累迁雍州刺史。武帝于东堂会送，问诜曰：'卿自以为如何？'诜对曰：'臣举贤良对策，为天下第一，犹桂林之一枝，昆山之片玉。'"原为自谦之词，谓自己只不过是群才之一，后因以喻科举考试中出类拔萃的人。温庭筠："犹喜故人先折桂，自怜羁客尚飘蓬。"

宁　远

【位置】

　　乐善堂如意门

【注释】

　　宁静致远。语出诸葛亮《诫子书》："非澹泊无以明志，非宁静无以致远。"宁静，安定

清静，排除干扰。致远，达到远大目标，引申为前途远大。

安 居

【位置】

　　敬业堂如意门

【注释】

　　安静、安定的住宅。

整 暇

【位置】

　　敬业堂二进院门

【注释】

　　整：严整。暇：
从容，悠闲。形容
严谨而又从容不迫。
《左传·成公十六
年》："日臣之使于

楚也，子重问晋国之勇，臣对曰：'好以众整'。曰：'又何如?'臣对曰：
'好以暇。'"意为军队既严整，又从容，严肃活泼。

云 章

【位置】

　　兰芳居花院垂花门

【注释】

　　《诗·大雅·棫朴》："倬彼云汉，为章于天。"笺注："云汉之在

天，其为文章，譬犹天子为法度于天下。"后因称笔迹为云章，或帝王的文章。也指文采斐然的文章，金赵秉文《就刘云卿第与同院诸公喜雨分韵得发字》诗："今年视草直金銮，云章妙手看挥发。"还指道教的典籍，《云笈七签》："琼简瑶函，爰敷宝训，云章凤篆，咸演秘文。"

汲　古

【款识】

　　吾爱董仲舒　穷经守幽独　所居虽有园　三年不游目
　　邪说远去耳　圣言饱充腹　发策登汉庭　百家始消伏
　　嘉庆己未桂月录司马文正公五言古诗　云峰

【位置】

　　桂馨书院西腰门册页额

【注释】

　　董仲舒（前179—前104）西汉哲学家，今文经学大师。汉广川（治今河北景县西南）人，少时研究《春秋公羊传》，景帝时为博士，下帷讲读，三年不窥园。武帝时以贤良对策被重用，废黜百家，独尊儒术，开以后两千多年封建社会以儒学为正统的局面。

　　钻研学习古书，如汲水于井，一点一滴、一桶一桶提取。韩愈《秋怀》诗之

五："归愚（愚公谷，隐居之地）识夷涂，汲古得修绠（汲水用的绳）。"明何景明《水营墅治田圃种树》诗："汲古缀遗言，欣焉秉柔翰。"

笔 锄

【款识】

　　丁巳六月二日　汝聪题

【位置】

　　桂馨书院东腰门此君额

【注释】

　　作者：王汝聪，静升王氏十七世孙，贡生，刑部山东司郎中，清嘉庆间与其弟王汝成创建视履堡建筑群。

　　笔锄：用笔在砚田上勤奋耕耘。

敦 固

【位置】

　　敬业堂围院门

【注释】

　　敦厚坚贞，坚定不移。《荀子·相成》："君子诚之好以待，处之敦固，有深藏之能远思。"《后汉书·吴良传》东平王苍荐曰："窃见臣府西曹掾齐国吴良，资质敦固，公方廉恪，躬俭安贫，白首一节，……宜备宿卫，以辅圣政。"

安　敦

【位置】

　　敬业堂前院如意门秋叶额

【注释】

　　安逸敦厚。
安：安全，稳定，
舒适。《诗·小
雅·谷风》："将

恐将惧，维予与女。将安将乐，女转弃予。"《易·系辞下》："是故君子
安而不忘危。"敦，敦厚笃实。《易·临》："敦临，吉，无咎。"

云　桥

【款识】

　　乾隆甲申初夏

【位置】

　　兰芳居花院玉璧上方

【注释】

　　传说中天河上彩云搭成的
桥。唐元稹《生春》诗："织女
云桥断，波神玉貌融。"

静　远

【款识】

　　乙丑夏月　子猷书

216

【位置】

西堡门内

【注释】

作者：房允升，字子猷，清末灵石县苏溪村人，工书。苏溪资寿寺及介庙有其所书匾及碑。

谋远。静：图谋也。《逸周书·邦保》："七恶……四，交其所亲，静之以物，则以流其身。"朱右曾校释：静，谋也。

瞩 远

【位置】

东堡门外南敞房

【注释】

高瞻远瞩，眼光远大。

缅 本

【位置】

东堡门外北敞房

【注释】

缅怀根本，木本水源永不忘。

丽 正

【位置】

乐善堂书塾

【注释】

语自《易·离》："离，丽也。日月丽乎天，百谷草木丽乎土，重明以丽乎正，乃化成天下。"这里是说《离》卦的离，含义是附着，日月附着于天，庄稼草木附着于地。光明附着于正道，就能够教化天下，促成盛世。离为火，为明。比喻人很有智慧，只有遵循正道，才有利于发展，达到教化之目的。

习　勤

【位置】

　　敬业堂前院东腰门内

【注释】

　　习：复习，练习。《论语·学而》："学而时习之，不亦说乎。"勤：勤勉，谨慎。《明史·潞王朱翊镠传》："翊镠好文，性勤饬，恒以岁入输之朝，助工助边无所惜，帝益善之。"习勤意谓勿忘勤勉谨慎，业广惟勤。

威　吉

【位置】

　　乐善堂前院东腰门

【注释】

　　威，通"畏"，可怕的事。《老子》："民不畏威，则大威至。"魏源本义引焦竑曰："人不畏其所当畏，则大可畏者至矣。"威吉意为有可害怕的事，就不会为所欲为、胡作非为，这样就没有灾祸发生，从而吉祥平安。

理 和

【位置】

　　乐善堂二进院门

【注释】

　　理者天下之大序，礼之所由生也。和者天下之大顺，乐之所由生也。理

和意为长幼有序、内外有别，卑不逾尊、疏不逾戚的伦理关系。

精 励

【位置】

　　敬业堂东腰门外

【注释】

　　专心，勤奋。

敦善行

【款识】

　　辛未蒲月　虚舟韩辉题

219

【位置】

乐善堂前院仪门

【注释】

敦：崇尚。
善行：修身践
言，美好的品
行。《礼记·曲
礼上》："博闻强

识而让，敦善行而不怠，谓之君子。"王安石《上仁宗皇帝言事书》：
"人之情所愿得者，善行、美名、尊爵、厚利也。而先王能操之，以临
天下之士。"

惠迪吉

【位置】

乐善堂后院垂花门

【注释】

语出《尚书·大禹
谟》："惠迪吉，从逆凶，
惟影响。"惠：顺。迪：道。惠迪吉意为顺着道就吉，从逆则凶。

乐循礼

【位置】

敬业堂如意门内

【注释】

和乐循礼。和乐（yuè），
和谐的音乐。《礼记·乐记》：
"正声感人而顺气应之，顺气

成象而和乐兴焉。"《吕氏春秋·音初》："正德以出乐，和乐以成顺。"

循礼，遵守礼法。《战国策·赵策》："然则反古未可非，而循礼未足多也。"清纪昀《阅微草堂笔记·滦阳消夏录四》："稍不循礼，即遭呵禁。"

安汝止

【位置】

北堡门

【注释】

安定，安居。语出《尚书·益稷》："禹曰，安汝止。维几维康，其弼直。"意思是说，帝王在位应先安好恶之止，考虑细微，以保安全。其用辅臣，必用忠诚正直的人。"安汝止"匾位于视履堡北门，北门主兵，且在艮位，《易·艮》："彖曰：艮，止也。时止则止，时行则行，动静不失其时，其道光明。"北门内即看家护堡人员所居住之地，十六孔围窑分为四个院子。

怀永图

【款识】

乾隆甲辰夏四月吉旦　稼门

【位置】

西堡门外

恒贞堡一甲直方大后院门

【注释】

胸怀长久之计谋。《尚书·太甲上》："慎乃俭德，

惟怀永图。"孔传："言
当以俭为德，思长世之
谋。"

谦吉轩

【位置】

    敬业堂前院西厢房帘架

【注释】

    语自《易·谦》："谦谦君子，用涉大川，吉。"正义曰："谦谦君子者，能体谦谦，惟君子者能之，以此涉难，其吉宜也。"谦，小心谨慎。

涉川，经历危险。
只要谦虚谨慎，
虽经历危难，也
会大吉。轩，指
有窗槛的长廊或
小室。

敦五典

【位置】

    兰芳居花院垂花门内

【注释】

    古书记载，五典有三种说法。一曰："五典，五常之教，父义、母慈、兄友、弟恭、子孝。"（见《尚书·舜典》）。二曰：传说中的上古五部典籍。《左传·昭公十二年》："是能读《三坟》《五典》《八索》《九丘》。"注曰：皆古书名。后人附会称《三坟》为伏羲、神农、黄帝之

222

书。《五典》为少昊、颛顼、高辛、尧、舜之书。三曰：《诗》《书》《易》《礼》《春秋》五经。

汉荀悦《申鉴·政体》："夫道之本，仁义而已矣，五典以经之，群籍以纬之。"《后汉书·朱浮传》："五典纪国家之政，《鸿范》别灾异之文。"李贤注引《礼记》："温柔敦厚，诗教也；疏通知远，书教也；广博易良，乐教也；洁净精微，易教也；恭俭庄敬，礼教也；属辞比事，春秋教也。"

这里的五典，当指第三种内容，即五经为妥。

慕古风

【位置】

馆藏

【注释】

仰慕古人风度。《管子·正世》："故其位齐也，不慕古，不留今，与时变，与俗化。"《后汉书·钟皓传》："皓兄子瑾……亦好学慕古，有退让风。"

兰芳居

【位置】

兰芳居花院大门

【注释】

兰芳：为兰花的芳香，常用于比喻贤人。《楚辞·招魂》："结撰至思，兰芳假些。"王逸注：兰芳，比喻贤人。

笃为业

【位置】

　　长工院

【注释】

　　笃：专一。专心于自己的事业。

叠翠轩

【位置】

　　兰芳居花院叠翠轩月洞门

【注释】

　　叠翠：层叠的山色。轩：庭院。或指轩门。此为花院后院月洞门匾，门前有台，建筑物层层上升，故称。

乐善堂

【款识】

　　丙子仲冬　合河孙扬淦题

【位置】

　　乐善堂前院大厅

【注释】

　　作者：孙扬淦，字立公，清山西兴县人。雍正甲辰进士，官国子监丞。

此乃静升王氏十七世孙王汝聪之堂号匾。

乐善：坚持并乐于做好事，有乐善好施、乐善好义、乐于行善等意。指喜好施舍和有正义。《孟子·告子上》："有天爵者，有人爵者。仁义忠信，乐善不倦，此天爵也。"《史记·乐书》："闻徵音，使人乐善而好施。"宋曾固《与杜相公书》："伏以阁下朴厚清明谠直之行，乐善好义远大之心，施于朝廷而博见于天下。"王汝聪于清嘉庆年间曾捐银赈灾及助王户鳏寡孤独及无力就学者，共四千八百两；其父王中堂于乾隆四十三年（1778）捐银一千两赈灾。堂号与人品相符。

敬业堂

【款识】

嘉庆丙辰　汪承霈书

【位置】

敬业堂前院大厅

【注释】

作者：汪承霈（？—1805），字受时，一字春农，号时斋，清浙江钱塘人，乾隆十二年（1747）进士，官至兵部尚书，善诗文古词，能书，工于山水。

静升王氏十七世孙王汝成之堂号匾。意为专心致志于自己的事业。语出《礼记·学记》："一年视离经辨志，三年视敬业乐群。"朱熹曰：

"敬业者专心致志以事其业也，乐群者，乐于取益，以辅其仁也。"

致虚守静

【注释】

语本《老子》："致虚极，守静笃。"是说致虚物之极，笃守静物之真。意为守清静，行笃厚。

安居乐俗

【注释】

语出《老子》："甘其食，美其服，安其居，乐其俗。"意为以所产之衣食为甘为美，以居之土俗为安且乐。

诗礼传家

【款识】

大清道光十一年辛卯葭月 毂旦

【位置】

敬业堂内檐隔扇

【注释】

以儒家经典及其道德规范世代相传。

《诗》《礼》，泛指儒家的经典。《庄子·外物》："儒以《诗》《礼》发冢。"唐王建《送于丹移家洺州》诗："诗礼不外学，兄弟相攻研。"

慎终如始

【注释】

做事从头到尾均应谨慎小心。

《老子》："慎终如始，则无败事。"《韩诗外传》："官怠于有成，病加于小愈，祸生于懈惰，孝衰于妻子，察此四者，慎终如始。"

养正书塾

【位置】

敬业堂书塾

【注释】

私塾，过去有钱人家设立的教育子弟的地方。养正，修养正道。语出《易经·蒙》："蒙以养正，圣功也。"疏曰："能以蒙昧隐默自养正道，乃成至圣之功。"《抱朴子·嘉遁》："虽无立朝之勋，即戎之劳，然切磋后生，弘道养正，殊涂一致，非损之民也。"

天蓜焕彩

【位置】

敬业堂后院垂花门前

【注释】

汉张衡《思玄赋》："天地烟煴，百卉含蘤。"指阴阳之天气和合，气候适宜，

百卉含苞欲放，庭院光彩四溢，华丽无比。《诗经》又称《葩经》，故又兼有文采焕发之意。

光前裕后

【款识】

公元一九九七年八月 赵宝琴书刻

【位置】

敬业堂祭祖堂

王氏宗祠石坊背面

【注释】

作者：赵宝琴，山西灵石人，中国书法家协会会员，山西省美术家协会会员。时任晋祠博物馆副馆长。

光前裕后指光耀祖先，造福后代。明李贽《答耿司寇书》："世人之所以光前裕后者，无时刻而不系念。"

木本水源

【款识】

王庭栋

【位置】

乐善堂始祖阁

王氏宗祠内石坊

【注释】

作者：王庭栋，

228

山西平定人。山西省人大常委会原主任。

树的根，水的源头。

语出《左传·昭公九年》："我在伯父，犹衣服之有冠冕，木水之有本原，民人之有谋主也。"后以木本水源比喻事物的根源，多指血统关系。

珠媚玉辉

【位置】

桂馨书院大门

【注释】

珠子美好，玉放光彩。借喻谈吐或诗文之美好。

陆机《文赋》："石蕴玉而山辉，水怀珠而川媚。"李善注曰："譬若水石之藏珠玉，山川为之辉媚也。"

刘勰《文心雕龙·神思》："吟咏之间，吐纳珠玉之声；眉睫之前，卷舒风云之色。"

杜甫诗："朝罢香烟携满袖，诗成珠玉在挥毫。"

自一山川

【位置】

南堡门内垂花牌楼门前

【注释】

山色独秀，景观优美，是一处无与伦比的山庄。

法司马训

【款识】

嘉庆乙丑相月　文华殿大学士刊部尚书　董浩题

【位置】

乐善堂内檐隔扇

【注释】

作者：董浩，字蔗林，清浙江富阳人，尚书董邦达之子。乾隆二十八年（1763）进士，殿试进呈卷列第三，高宗因其是大臣之子，改二甲第一名。乾隆五十二年（1787）加太子太保，擢（zhuó）户部尚书。嘉庆二十三年（1818）卒，值军机前后四十年。

见第7页"遵司马公家训"条注。

这里要解释的是古"灋"字的构造原理。它由"氵""廌""去"三部分组成。"氵"表示公平，水平不动，人平不语。"廌"与"豸"同，獬豸为神兽名，相传能辨曲直邪佞，主触不直者。因此古时法官所戴冠称"獬豸冠"。"去"则指去邪佞、将不法之徒绳之以法。

德高望重

【款识】

恭贺子猷王先生德政　大清嘉庆十六年仲夏穀旦　亲友族人公立

【位置】

　　敬业堂后院正窑

【注释】

　　道德高尚，名望很大。

　　司马光《辞人对小殿札子》："臣窃惟富弼三世辅臣，德高望重。"

桂荣槐茂

【位置】

　　南堡门内垂花牌楼门后

【注释】

　　见212页"桂馨"条注。

惩忿窒欲

【位置】

　　乐善堂前院西厢房帘架

【注释】

　　克制忿怒，杜塞情欲。《易·损》："君子以惩忿窒欲。"孔颖达疏："君子以法此损道，以惩止忿怒，窒塞情欲。"惩者，息其既往；窒者，闭其将来。

高闳藻阀

【位置】

　　馆藏

【注释】

　　高闳（hóng）：显贵
门第。藻：华丽的文辞，
品藻。阀：功绩。高闳

藻阀意为高贵门第、品藻高尚、功绩突出。

躬耕立德

【注释】

　　躬耕：躬身田间。有两种解释：①古代帝王亲自率领大臣在籍田举
行劝农活动，也即为农民做出样板。《礼记·月令》："孟春之月，天子
亲载耒耜，帅三公、九卿、诸侯、大夫躬耕帝籍。"②亲身从事农业生
产。诸葛亮《出师表》："臣本布衣，躬耕于南阳。"这里指主人身虽居
官，仍躬耕田间不忘其本。

为善最乐

【款识】

　　祁寯藻

【位置】

　　敬业堂后院垂花门

【注释】

　　作者：祁寯藻
（1793—1866）字叔颖，又字淳甫，又字实甫，号春圃，清山西寿阳人，

嘉庆甲戌进士，任礼部尚书，军机大臣，体仁阁大学士。

见第7页楹联"守东平王格言不外为善两字"注。

辉映绵翠

【款识】

　　岁次庚寅年　杏月榖旦

【位置】

　　观日阁前

【注释】

　　绵山光辉映照积
善人家。

履中蹈和

【款识】

　　岁次丙戌年　荷
月榖旦

【位置】

　　观日阁后

【注释】

　　语出汉焦赣《易
林·蛊之兑》："含和
履中，国无灾殃。"汉刘向《说苑·修文》："彼舜以匹夫，积正合仁，
履中行善，而卒以兴。"履中蹈和，即躬行中庸中和之道。

　　　　　　　　　　　　　　　　　　（以上由仇晓风注释）

恒贞堡建筑群匾额

恒 贞

【位置】

南堡门外

【注释】

语自《易·恒》："恒，
亨，无咎。利贞，利有攸
往。"

意思是说，恒卦象征恒
久之道，它亨通顺利而无过
失，没有灾咎，利在坚持正
道不变，利在有所前进，有所作为。贞，即正，正道，坚持才有利。

无 逸

【位置】

二甲东谦吉居二门

【注释】

《尚书·周书·无逸》："周公作无逸，曰：呜呼，君子所其无逸，
先知稼穑之艰难。乃逸，则知小人之依，相小人，厥父母勤劳稼穑，厥

子乃不知稼穑之艰难。"

这是周公诫成王勿耽于享乐之辞，要知农事劳动之苦，勿好逸恶劳，才能巩固王的地位。

观　我

【位置】

三甲东存厚堂松竹院侧门内

【注释】

观察自己之所作所为，对比判断是非得失。语自《易·观》："观我生，进退。"观察审视自我的生活轨迹，抉择进取或后退。

豫　顺

【位置】

三甲西不陋居书塾八方门内

【注释】

自在安乐。语出《易·豫》："豫，刚应而志行，顺以动……天地以顺动，故日月不过，而四时不忒；圣人以顺动，则刑罚清而民服。豫之时义大矣哉。"

意为：阳刚得到了阴柔的应和而实现了志愿，这是顺理行动。因此，日月的运行不会过头，四季的交替没有差错。圣人顺理行动，必然是刑罚清楚明了，百姓因而信服，自在安乐的时间、条件的正当与否，实在太重要了。

积 翠

【位置】
　　底甲东澹宁院三进院门

【注释】
　　翠色重叠。

允 臧

【位置】
　　恒贞堡外长工院

【注释】
　　确实好，完善。《诗·鄘风·定之方中》："卜云其吉，终焉允臧。"
孔传：允，真，信。臧，善也。

清 芬

【位置】
　　底甲西存礼堂华门

【注释】
　　比喻德行高洁。语本
陆机《文赋》："咏世德之
骏烈，诵先人之清芬。"

236

谨 慎

【注释】

细心慎重。《荀子·不苟》："柔从而不流，恭敬谨慎而容。"《汉书·霍光传》："小心谨慎，未尝有过。"

谦 吉

【位置】

二甲东谦吉居大门

【注释】

谦虚谨慎，彬彬有礼，即便是经历危难也会大吉。语本《易·谦》："谦谦君子，用涉大川，吉。"正义曰："谦谦君子者，能体谦谦，惟君子者能之，以此涉难，其吉宜也。"谦虚的态度，能克服一切困难。

燕 翼

【款识】

己未中秋之吉　族弟福齐敬书

【位置】

顶甲忠恕堂大门

二甲西司马第广亮门

【注释】

作者：王福齐（1706—1769），字凝五，号德山，静升王氏十六世孙，以恩进士候选教谕，授修职郎。

《幼学琼林》："燕翼贻

谋，乃称裕后之祖。"意为如燕子用翅膀覆盖雏燕，为喂养它们而奔忙。赞扬长辈们为子孙四处奔波，为其造福。

《诗·大雅·文王有声》："武王岂不仕，诒厥孙谋，以燕翼子。"毛传："燕，安；翼，敬也。"孔颖达疏：思得泽及后人，故遗传其所以顺天下之谋，以安敬事之子孙。

伫 月

【位置】

二甲西司马第书塾月亮门

三甲西槐庭院二门

【注释】

月亮长时间停留于此。意为与月相伴。此书塾东北角即为赏月亭，故名。

树 德

【款识】

甲午桂月　悔翁二酉

【位置】

二甲西三槐堂金柱大门

崇宁堡凝寿居后院门

【注释】

作者：杨二酉，字学山，号悔翁，清太原人，雍正癸丑进士，著有《柳南诗钞》。

树：建树。《尚书·泰哲下》："树德务滋，除恶务本。"此指树立优良的道德品格。

贻 毂

【注释】

贻：遗留。毂（gǔ）：俸禄，养育。

引申为父母的遗荫。《诗·小雅·天保》："天保定尔，俾尔戬毂。"郑玄笺："天使女（汝）所福禄之人，谓群臣也，其举事尽得其宜，受天之多禄。"

贻 毂

【位置】

二甲西贻毂斋大门

【注释】

毂（gǔ）：毂树，又叫楮树、枸树。树皮可以造纸，因此成为纸的代称。贻毂，则引申为遗文墨及诗书文化于后代子孙。

植 槐

【位置】

二甲西樵逸斋大门

【注释】

相传周代宫廷外种三棵槐树，三公朝拜天

子时，面向三槐而立，后因以三槐喻三公。又《宋史·王旦传》："祐（旦之父）手植三槐于庭，曰：'吾之后世必有为三公者，此其所以志也。'"后王祐次子旦做宰相。植槐是期冀子孙成才之意。

敦　行

【位置】
　　三甲东存厚堂松竹院侧门

【注释】

　　笃行，行为敦厚笃实。《易·临》："敦临，吉，无咎。"《老子》："敦兮其若朴，旷兮其若谷。"

景　薰

【位置】
　　三甲东存厚堂景薰书院大门

【注释】

　　景：景风，祥和的风，亦称南风。

　　薰：熏风，和暖的风，指初夏时的东南风。旧传，虞舜弹五弦琴，造《南风》

诗，诗中有"南风之薰兮，可以解吾民之愠兮；南风之时兮，可以阜吾民之财兮"等句，后以南薰为煦育之意。

迎　紫

【位置】
　　三甲东存厚堂景薰书院二进门

迎接紫气。紫气，祥瑞的光气。古人认为，紫色之气为祥瑞之气，也是圣贤宝物出现之

先兆。《列仙传》："老子西游，关令尹喜望见有紫气浮关，而老子果乘青牛而过也。"

师　竹

【款识】

　　壬辰首荷之月　松亭记

【位置】

　　三甲东存厚堂景薰书院侧门

【注释】

竹有虚心、向上、正直、有节的特点。竹瘦而寿，是岁寒三友之一，在寒冬时节仍可保持顽强的生命力，有经冬不凋的坚韧和顽强。师竹，就是效法竹子的这些优点，它表明了院主人的情趣和品格。

恢　先

【款识】

　　癸丑秋七月　约轩王中极书

【位置】

　　三甲西碧云院门

作者：王中极，字会五，号约轩，静升王氏十六世孙，以贡生例授布政司经历加二级，诰授奉直大夫，晋封中宪大夫，宣武都尉，有乾隆庚戌版《王氏族谱》存世。

恢：指宏大。恢先意为发扬先人的宏大志气。

敦　素

【位置】

三甲西素心居大门

【注释】

敦：尊重，聚拢，勤勉。素：素业，清高的事业，旧指儒业。《颜氏家训》："有志尚者，遂能磨砺，以就素业。"

凝　晖

【位置】

三甲西不陋居后院门

【注释】

凝：凝聚。晖：光辉。《易·未济》："君子之光，其晖吉也。"

守　约

【位置】

底甲西存礼堂芳心院门

【注释】

遵守信约，保持俭朴的品德。

纳　爽

【位置】

底甲东恬逸居后院东廊庑

【注释】

纳：引进，接受。爽：爽德，明德。纳爽意为引纳明德于堂。

德　馨

【款识】

岁次甲申季夏　樵夫拙书

【位置】

二甲东德馨轩大门

【注释】

德行馨香。原出《尚书·君陈》："黍稷非馨，明德惟馨。"馨，散布很远的香气。

243

澹 宁

【款识】

    岁次丙申荷月上浣

【位置】

    底甲东澹宁院大门

【注释】

    澹同淡，恬淡寡欲，宁
静自持。

贻 谋

【位置】

    二甲东缥缃居大门

【注释】

    贻厥孙谋的省称。《尚
书·五子之歌》："明明我
祖，万邦之君，有典有则，
贻厥子孙。"孔传："贻，遗也，言仁及后世。"后以"贻厥孙谋"谓为
子孙的将来做好安排。

福 寿

【位置】

    三甲东存厚堂侧
门

【注释】

    祝幸福长寿。

244

来　薰

【位置】

二甲西贻縠斋侧门

【注释】

薰，熏风。《礼记·乐记》："昔者舜作五弦之琴，以歌南风。"《孔子家语·辩乐解》："昔者舜弹五弦之琴，造南风之诗，其诗曰：

南风之薰兮，可以解吾民之愠兮；南风之时兮，可以阜吾民之财兮。"解忧富民是南风歌的主要内容，来薰即来熏风，既可解忧，又可富民。

慎　始

【款识】

岁次乙丑暮春　王彬敬题

【位置】

三甲西小门

【注释】

作者：王彬，字中轩，清山西阳曲诸生。

语出《礼记·表记》："事君慎始而敬终。"这是孔子从政的原则，意思是一个从政的人，接受官职之时，应该慎之又慎。全面考虑自己的才德与官位是否相称。一旦接受了官职之后，就应该全力以赴，尽忠职守，不能有丝毫懈怠，直到最后。

拱 极

【位置】

二甲西贻榖斋偏门

【注释】

拱极：也称拱辰，即辰星。《论语·为政》："为政以德，譬如北辰，居其所而众星共之。"后因以称天下太平，四方归服于朝廷。

步 青

【款识】

乙巳秋月 寄庐

【位置】

三甲东存厚堂景薰书院北月亮门

【注释】

平步青云或平地青云。

语本唐曹邺《杏园即席上同年》诗："一旦公道开，青云在平地。"后以平地青云比喻境遇突然变好，顺利无阻地达到很高的地位。

宋袁文《瓮牖闲评》："廉宣仲高才，幼年及第，宰相张邦昌纳为婿，当徽宗时，自谓平步青云。"

笃庆

【位置】

二甲西堡门内

笃：朴实，深厚。庆：善，善事。《尚书·吕刑》："一人有庆，万民赖之。"孔颖达疏："我天子一人有善事，则亿兆之民蒙赖之。"《诗·大雅·皇矣》："则友其兄，则笃其庆。"毛传：庆，善，重于善事，专于善事。笃庆即源于"则笃其庆"。

宁 寿

【位置】

　　三甲东存厚堂景薰书院三进门

【注释】

　　平安，高寿，安宁。

涵 碧

【位置】

　　三甲东存厚堂大厅内檐隔扇

【注释】

　　涵：包涵，包容。碧：青绿色的玉石。这里的碧指碧水、碧月，景致秀美。

致 远

【位置】

　　顶甲澄怀居大门

【注释】

　　任重致远。意为担当重任，而行于远方。喻人的才干卓越，可任大事。《墨子·亲士》："良马难乘，然可以任重致远。"

友　竹

【位置】

　　三甲西槐庭院月亮门

【注释】

　　友，志趣相同。竹称君子。友竹即与志同道合的君子交朋友。

云　根

【位置】

　　三甲东存厚堂景薰书院后门

【注释】

　　意为深山高远云起之处。晋张协《杂诗十首》："云根临八极，雨足洒四溟（即四海）。"李贺《南山田中行》："云根苔藓山上石，冷红泣露娇啼色。"这里是说顶甲高如深山，祥云从这里升起。

248

颐　神

【注释】

养神。《后汉书·梁冀传》："今大将军位极功成可为至戒，宜尊悬车之礼，高枕颐神。"《后汉书·王充传》："裁节嗜欲，颐神自守。"《晋书·嵇康传·幽愤诗》："永啸长吟，颐神养寿。"

清　心

【注释】

纯正之心，或心地恬静，无思无虑。

达　德

【位置】

底甲西怡适轩二进院门

【注释】

意思是说智、仁、勇是天下通行不变的美德。语出《礼记·中庸》："知（智）、仁、勇三者，天下之达德也。"

归　真

【位置】

顶甲童心园扇形亭

【注释】

归真返璞，去其外饰，还其

本质。《战国策·齐策四》："归真返璞，则终身不辱。"

光　裕

【位置】

　　顶甲童心园后院门

【注释】

　　光：广。裕：宽。谓推广扩大。《国语·周语》："叔父若能光裕大德，更姓改物，以创制天下，自显庸也。"

戬　穀

【款识】

　　甲戌孟夏　王子敬书

【位置】

　　顶甲红杏园大门

【注释】

　　戬（jiǎn）：福。穀：禄。《诗·小雅·天保》："天保定尔，俾尔戬穀。"穀，俸禄，古时以穀米为俸禄，故称穀为禄。戬，福，吉祥。《尔雅·释诂》："戬，福也。"

如芝　如兰

【位置】

　　顶甲红杏园东、西月亮门

【注释】

芝和兰都是香草。《孔子家语·在厄》："芝兰生于深林,不以无人而不芳。君子修道立德,不以穷困而改节。"汉焦赣《易林·萃之同人》："南山芝兰,君子所有。"如芝、如兰,好比君子不阿谀奉承权贵、面对权威不谄媚。

履 祥

【位置】

　　顶甲隐翠园月亮门

【注释】

　　即视履考祥,见210页"视履"条注。

慎 思

【款识】

　　岁次乙丑暮春　王彬敬题

【位置】

　　顶甲兰桂园大门

【注释】

　　慎重地思考。语出《中庸》："博学之,审问之,慎思之,明辨之,笃行之。"如果能按照这些

251

方法去做，即使是愚蠢的人，也会变得聪明；即使是柔弱的人，也能变得刚强。这是一种学习的方法。鼓励人慎思笃行，考虑好了便去努力实现。

觞 咏

【位置】

　　顶甲隐翠园月亮门

【注释】

　　饮酒赋诗。觞：①古代盛酒
器。②向人敬酒或自饮。晋陶潜

《陶渊明集·归去来兮辞》："引壶觞以自酌，眄庭柯以怡颜。"晋王羲之
《兰亭集序》："一觞一咏，亦足以畅叙幽情。"

义 和

【位置】

　　底甲东直方大第二侧门

【注释】

　　语出《左传·襄公九年》：
"利，义之和也。"后指讲义气，彼此和睦。

处 善

【位置】

　　底甲东澹宁院第一侧门

【注释】

　　处：聚，聚集。善：吉祥，
美好。

格　致

【位置】

　　底甲西存礼堂侧门

【注释】

　　格物致知的简称。原意为研究事物原理从而获得知识，这是中国古代认识论的重要命题。

　　语出《大学》："欲诚其意者，先致其知，致知在格物。"

笃　行

【位置】

　　底甲西存礼堂侧门

【注释】

　　行为淳厚。《史记·樗里子传》："甘罗年少，然出一奇计，声称后世，虽非笃行之君子，然亦战国之策士也。"

绵　祥

【位置】

　　馆藏

【注释】

　　绵，延续，意为延续累世的功德或先世的德行。祥，发祥。

受 益

【位置】

　　馆藏

【注释】

　　指某件事情对一个人的一生都有好处。益，好处，常见有“受益匪浅”“谦受益，满招损”。

蓬 莱

【款识】

　　乾隆乙巳　半农

【位置】

　　馆藏

【注释】

　　蓬莱是古代汉族神话传说中的神仙山名，常泛指仙境，神话中渤海里仙人居住的五座神山之一（另四座一曰岱舆，二曰员峤，三曰方壶，四曰瀛洲）。

直方大

【位置】

　　底甲东直方大门外

【注释】

　　正直，端方，宽大。

《易·坤》："直方大，不习无不利。"直方大指坤阴的品德。直，坦率，一心从阳是直；方，地德方，天德圆，安定厚实为方；大，宽大，含育万物是大。正义曰：生物不邪谓之直也，地体安静是其方也，无物不载是其大也。既有三德极地之美，自然而生不假修营，故云不习无不利。物皆自成，无所不利。

司马第

【位置】

二甲西司马第广亮大门

【注释】

司马门第。

司马：官名，清制同知正五品，为府之佐官，与通判分管清地方之军、

缉捕、督粮、治农、水利、屯田、牧马等事。同知在公文上称丞，尊称司马。另外，州同也称州司马，实为勉强附会。

绵世德

【位置】

二甲西司马第如意门

【注释】

绵：延续，意为延续累世的功德或先世的德行。《诗·大雅·下武》："王配于京，世德作求。"郑玄笺："以其

世世积德，庶为终成其大功。"

拱北极

【位置】

二甲西樵逸斋二楼帘架

【注释】

即拱北辰。拱：
环绕，环卫，引申为
人心归服。北极：北
极星，也即辰星。唐
罗邺《春晚渡河有

怀》："万里山河星拱北，百年人事水归东。"

大夫第

【款识】

乾隆壬午仲夏　金坛冯秉忠书

【位置】

恒贞堡三甲西素心居仪门

恒贞堡三甲东存厚堂棋盘门

恒贞堡二甲西三槐堂金柱大门

视履堡敬业堂如意门内

【注释】

作者：冯秉忠，清江
苏金坛人，乾隆二十九年
（1764）应年友吉安知府
王铭琼之聘任鹭院山长，
该书院为江西三大书院

（白鹿洞书院、鹅湖书院、鹭院书院）之一。

大夫第。清代，高级文官称大夫，高级武官称将军。文官五品以上皆称大夫，如一品为光禄大夫，二品为资政大夫，三品为通议大夫，四品为中宪大夫，五品为奉政大夫。王家大院流传下来的"大夫第"匾有四块，除素

心居外，一在视履堡敬业堂，一在恒贞堡三槐堂，一在恒贞堡存厚堂。

平为福

【位置】
　　三甲东存厚堂棋盘大门
【注释】
　　和平宁静即为幸福。

松竹院

【位置】
　　三甲东存厚堂松竹院门
【注释】
　　松竹四季常青不凋，御霜抵寒。《论语·子罕》："岁寒而后知松柏

之后凋也。"《诗·小雅·斯干》："如竹苞矣,如松茂矣。"因其经冬不凋,松龄又长久,常喻君子,喻坚贞,祝寿考。

师吾俭

【位置】

　　三甲西不陋居大门

【注释】

　　《汉书·萧何传》:"（萧何）买田宅必居穷辟处,为家不治垣屋,曰:'令后世贤,师吾俭;不贤,毋为势家所夺。'"意思是让后辈人师

法先祖的俭朴无华,并且一直向下传。即使不贤,陋室也不会被强人所夺。带有朴素的辩证观点。

修思永

【位置】

　　顶甲红杏园门

【注释】

　　慎修身,考虑长远之道。

　　《尚书·皋陶谟》:"慎厥身修,思永。"孔传:"慎修其身,思为长久之道。"

258

荷天休

【位置】

　　东堡门外

【注释】

　　荷：负荷，承受。天
休：天赐福禄。《尚书·汤
诰》："凡我造邦，无从匪
彝，无即慆淫，各守尔典，
以承天休。"《左传·宣公三

年》："故民入川泽山林，不逢不若，螭魅罔两，莫能逢之，用能协于上
下，以承天休。"意为民无灾害，则上下和而受天福禄。

恭敬忠

【位置】

　　东堡门内

【注释】

　　语出《论语·子路》：
"樊迟问仁。子曰：居处恭，
执事敬，与人忠。虽之夷
狄，不可弃也。"恭，待人接物要有礼貌；敬，担任工作，从事劳役，
要谨慎，不怠慢；忠，忠诚，尽心竭力。

履德基

【位置】

　　乾隆戊寅桂月之吉　　王升士

259

【位置】

南堡门内

【注释】

履：行为，品行。德基：
德行的根本。《诗·大雅·
抑》："温温恭人，维德之基。"

品行道德是基，是根本。《易·系辞下》："履，德之基也。"是说履卦是
道德修养的起点。基，实际行为。履，履卦，履卦的主要内容是维护等
级秩序，区别差异。以和为贵是履卦的另一重要内容。易经主张德行并
重，道德修养的实质是修身养性，只有修身养性才有利于治国平天下。

福寿宁

【位置】

二甲东谦吉轩后
院垂花门

【注释】

祝愿幸福、长
寿、健康、安宁。

垂家范

【位置】

二甲西司马第三进后
院大门

【注释】

垂：流传。家范：治
家的规范、法度、风教。

《旧唐书·崔珙传》："礼乐二事，以为身文，仁义五常，自成家范。"

挹恒秀

【位置】

二甲西司马第后院垂花门

【注释】

挹：引。恒：长久。秀：秀丽，秀美。

爱吾庐

【位置】

二甲西三槐堂侧门

【注释】

语出陶渊明《读山海经·其一》："众鸟欣有托，吾亦爱吾庐。"谓爱我庐舍，语言朴实，但出自名人则文气自深。意为爱我庐舍，爱我家乡，爱我祖国及人民。

驻碧云

【款识】

丁亥仲春　族人王昭书

【位置】

三甲西碧云院二进门

【注释】

驻：停住，留住。碧云：天空中的青云。云为吉祥之气，驻碧云指碧云凝聚、停留，即吉祥瑞气绕屋。

学吃亏

【位置】

底甲东恬逸居二楼

【注释】

学：觉悟。

《说文·教部》：

"学，觉悟也。"

《白虎通·辟雍》：

"学之为言觉也，悟所不知也。"

吃亏：遭受损失。清郑板桥有"吃亏是福"条幅。

王家十六世孙王中堂，在清乾隆年间，响应朝廷号召，曾捐银千两，救济灾区。其长子王汝聪，于嘉庆年间，捐银五百两赈灾，并向西王户捐银四千五百两，供老弱孤寡生活及无力升学的子弟读书之用。父子均认识到吃亏是福，饶人是福。

修厥德

【位置】

三甲西不陋居二门

【注释】

行善积德，修养德性。语源自《诗·大雅·文王》："无念尔祖，聿修厥德；永言配命，自求多福。"此诗句内容为继承发扬先人的德业。

敦诗礼

【款识】

乾隆丁卯秋七月　张旭题

【位置】

顶甲隐翠园大门

【注释】

敦诗礼：谓敦诗说礼，即深信和爱好《诗经》和《礼记》。

《后汉书·郑兴传》："窃见河南郑兴执义坚固，敦悦《诗》《书》，好古博物，见疑不惑，有公孙侨、观射父之德，宜待帷幄，典职机密。"

蕴山辉

【位置】

底甲东直方大第一侧门

【注释】

蕴：积聚、蓄藏。山辉：山间放映出的光辉，此指绵山而言。面

对绵山，看日出，观山辉，实为风景奇观。

迎紫气

【位置】

顶甲童心园月洞门

迎接东来紫气。

参见 240 页 "迎紫"
条注。

敦古风

【位置】

底甲东直方大三进门

【注释】

敦：崇尚，注重。古
风：古人的风度。敦古风即
崇尚古人的风度。

敦芳处

【位置】

底甲西存礼堂芳心院大门

【注释】

敦：聚拢。芳：懿德，美
誉，亦指贤德的人。

德蔚居

【位置】

底甲西存礼堂屏风前门

【注释】

德：道德，品格，仁爱，善行。蔚：荟萃，集聚。

德蔚居意为集聚道德之处。

谦俭德

【位置】

底甲西存礼堂屏风门后

【注释】

谦：谦虚。俭：节约。德：道德，品德。意谓谦虚、节约之道德。《汉书·张延寿传》："临亦谦俭，每登阁殿，常叹曰：'桑霍为我戒，岂不厚哉。'"《韩诗外传》："夫此六者（指孝、俭、卑、畏、愚、浅），皆谦德也。"

培兰桂

【位置】

顶甲兰桂园后院门

【注释】

培：培养，培育。兰桂：兰和桂，二者皆有异香，常用于比喻美才盛德或君子贤人。

培兰桂即培育培养美才盛德的子孙后代。

静观园

【位置】

顶甲兰桂园月亮门

【注释】

静：精神贯注专一，道家的一种修养术。《云笈七签》："夫修炼之士，当须入静……大静三百日，中静二百日，小静一百日。"观：冷静地观察万物变化，精神贯注修养身心。宋程颢《秋日偶成》诗："万物静观皆自得，四时佳兴与人同。"

敦五伦

【注释】

敦：勉励。五伦：君臣、父子、夫妻、兄弟、朋友。

存厚堂

【款识】

嘉庆丙辰秋八月　石庵居士刘墉

【位置】

三甲东存厚堂绿门院正厅

【注释】

存：保全，保存。

266

厚：敦厚，厚道。《尚书·君陈》："惟民生厚，因物有迁。"孔传："言人自然之性敦厚。"《论语·学而》："曾子曰：慎终追远，民德归厚矣。"存厚堂意为保全敦厚民德。此乃六品武官、玄武都尉、诰授中宪大夫王中极堂号。因存厚堂大门为绿色，又称为绿门院。

丙辰：嘉庆元年。

三槐堂

【款识】

丁丑申月　顺天府通判王尔敏

【位置】

二甲西三槐堂正厅

【注释】

作者：王尔敏，静升王氏十七世孙，翰林院待诏兼典簿厅事、内廷文颖馆收掌官，后任顺天府粮马通判。

勿惰行

【位置】

馆藏

【注释】

汉刘向《说苑·立节》："廉士不辱名，信士不惰行"。惰行：指在行为上有所怠忽。

清思静远

【位置】

　底甲东恬逸居大门

【注释】

清静地思考长远之道。静：谋也。

退思补过

【位置】

　三甲东存厚堂景薰书院仪门内

【注释】

　语出《左传·宣公十二年》："林父之事君也，进思尽忠，退思补过，社稷之卫也。"后因以指退归思过，事后反省。后人也常用于自名其居，如退思岩、退思轩等。

青箱世望

【款识】

　乾隆庚寅相月　嶤郡宋鉴题

【位置】

　底甲东直方大仪门

【注释】

　作者：宋鉴，字元衡，号半塘、嶤郡山西安邑（今夏县）人。乾隆

268

十三年（1748）进士，官至广东南雄通判。著有《尚书考辨》。

青箱：收藏书籍字画的箱笼；又指青箱学。《宋书·王淮之传》："彪之博闻多识，练悉朝仪，自是家世相传，并谙江左旧事，缄之青箱，世人谓之王氏青箱学。"后以青箱学指传家的史学，或喻书香门第。世望：社会上的名望，或指世代所期望。青箱世望：指以史学文学为传家瑰宝，世代相传。

鸢飞鱼跃

【位置】

三甲东存厚堂松竹院大厅内

【注释】

语本《诗·大雅·旱麓》："鸢飞戾天，鱼

跃于渊。"孔颖达疏："其上则鸢鸥得飞至于天以游翔，其下则鱼皆跳跃于渊中而喜乐，是道被飞潜，孽物得所，化之明察也。"后谓万物各得其所。

行鸣佩玉

【位置】

底甲西静思斋随墙垂花门

【注释】

《礼记·玉藻》云：

"君子在车，则闻鸾和（车上的两种铃铛）之声，行则鸣佩玉。是以非辟之心，无自入也。"正义曰：此谓"君子恒闻鸾和佩玉之正声。自，由也。是以非类邪辟（乖戾不正）之心，无由入于身也"。

古人以玉比德，该匾是说道德高尚，乖戾不正之邪气无由入身。

福集重门

【位置】

    底甲西存礼堂芳心院二门

【注释】

    重（chóng）门：层层门，或室内的门。福集重门，是说福集聚在层层门内之庭堂之上。

持盈保泰

【位置】

    底甲西存礼堂芳心院月亮门

    底甲东直方大仪门后

【注释】

    持盈：保守成业。保泰：保持平安。持盈保泰意为处在极盛时，要谦逊谨慎，保持平安。

缥缃世业

【款识】

甲午首夏 吉林景福

【位置】

二甲东缥缃居
二门

【注释】

缥缃：指书卷。

缥，淡青色的帛。缃，浅黄色的帛。古时人们常用这两种颜色的丝帛做书囊书衣。因以指代书卷。缥缃世业则为书香门第，世代传业。

雍肃家风

【位置】

二甲东德馨轩三
院垂花门

【注释】

雍：和谐，和睦。
肃：恭敬，严肃，整

齐。雍肃家风意为和睦、恭敬、庄重是其家风。《北齐书·段荣传》："教训子弟，闺门雍肃。"《旧唐书·良吏上·冯元常》："元常闺门雍肃，雅有礼度。"这里的闺门，指宫苑内室之门，借指宫廷、家庭，非小姐住的闺房门。

达尊兼备

【款识】

中宪大夫乡饮大宾王中辉　邑侯徐希高立

【位置】

二甲西三槐堂正厅前

【注释】

作者：徐希高，清广东德庆州人，生员，乾隆四十三年（1778）知灵石县事。

达尊：爵位、高龄、品德三者皆备。

三省四勿

【位置】

二甲西司马第
仪门内

【注释】

三省：从三个
方面反省。《论
语·学而》："曾子
曰：'吾日三省吾

身：为人谋而不忠乎？与朋友交而不信乎？传不习乎？'"四勿，宋朱熹《朱文公集四·斋居感兴二十首·其十三》："颜生躬四勿，曾子日三省。"四勿是：非礼勿视，非礼勿听，非礼勿言，非礼勿动。

桂馥兰芬

【位置】

二甲西三槐堂
屏风门

【注释】

桂馥：桂花浓

272

烈的香气。兰芬:兰花的芳香。兰与桂皆指贤人或佳子弟。

瑞芝绕屋

【位置】

　　三甲东存厚堂松竹院大厅前

【注释】

　　瑞芝:芝兰,吉
祥征兆,喻佳子弟。
《晋书·谢安传》:
"(谢玄)少颖悟,
与从兄朗俱为叔父安
所器重。安尝戒约子

侄,因曰:'子弟亦何豫人事,而正欲使其佳?'诸人莫有言者。玄答
曰:'譬如芝兰玉树,欲使其生于庭阶耳。'"后以芝兰玉树比佳子弟。

睿圣是铭

【位置】

　　顶甲隐翠园后院

【注释】

　　睿:通达,明智。
圣:无事不通。《尚
书·洪范》:"聪作谋
睿作圣。"或精通一事
有绝技者也称圣。睿

圣是铭是说对聪明通达、德才超凡、明晓事理的前圣之名言,铭记在
心,永志不忘。古代多用于对帝王的颂词。《汉书·叙传下》:"遭文
(汉文帝)睿圣,屡抗其疏。"陆机《孔子赞》:"孔子睿圣,配天弘道。"

慎俭永图

【位置】

三甲西素心居门内

【注释】

慎：谨慎，慎行。俭：俭约，俭德。语出《尚书·太甲上》："慎乃俭德，惟怀永图。"

捐金修堡

【款识】

州同王寅德　静升合村公立

【位置】

三甲西素心居后院正窑

【注释】

静升王氏为了防盗防匪，从明季开始，先后建起五堡五巷一条街。

清康熙三年（1664）建起拥翠巷，康熙四年（1665）建起锁瑞巷，巷口有瓮门，十分坚固；雍正年间建起崇宁堡，乾隆年间建起恒贞堡、拱极堡、和义堡，嘉庆年间建起视履堡。州同王寅德捐金修堡，增强防御性，确保合村民众之安全，故有此声誉。

辉光日新

【位置】

三甲西素心居二门

【注释】

指在文学、道德、艺术等方面日有长进。

语出《易·大畜》："刚健笃实，辉光日新。"高亨注："天之道刚健，山之性厚实，天光山色，相映成辉，日日有新气象。"

《大学》："汤之盘铭曰：苟日新，日日新，又日新。"《易·系辞上》："富有之谓大业，日新之谓盛德。"

槐庭世瑞

【位置】

三甲西槐庭大门

【注释】

槐庭：王家庭院。古时以三槐喻三公所在地。

汉公孙诡《又鹿赋》："麀鹿濯濯，来我槐庭，食我槐叶，怀我德声。"唐骆宾王《夏日游山家同夏少府》诗："兰径薰幽珮，槐庭落暗金。"

世瑞：世代吉祥。

重岩积秀

【位置】

顶甲兰桂园后院二楼

【注释】

语出《晋书·陆机陆云传》："高词迥映，如朗月之悬光；叠意回舒，若重岩之积秀。"以重岩积秀，比喻文章跌宕起伏，如脱缰之马，任意驰骋。这里则兼喻建筑如重岩积秀，美丽壮观。

圣教化俗

【注释】

圣教：旧称尧、舜、文王、武王、周公、孔子的教导为圣教。化俗：风俗受德教而发生变化。圣教化俗意为用圣人的德教感化民众。

清节风贻

【位置】

底甲东直方大院二楼

【注释】

清节：美好的节操。贻：遗留。清节风贻意为高洁的节操遗留给后人。

作稽中德

【款识】

　　壬辰卯月　吉安知府郑熺

【位置】

　　三甲东存厚堂松竹院大厅后

【注释】

　　作：行动。稽：符合。中德：中正美德。语出《尚书·酒诰》："丕惟曰：尔克永观省，作稽中德。"作稽中德意为言语行动符合中正美德。

遗经世训

【款识】

　　乙未孟春　礼部尚书曹秀先

【位置】

　　二甲西三槐堂正厅后

【注释】

　　作者：曹秀先（1708—1784）字恒所，又字芝田、冰持，号地山。清江西新建人。乾隆元年（1736）未试成进士，乾隆三十九年（1774）迁礼部尚书，乾隆皇帝的"天地人"之一。天为"得天"张照，地为"地山"曹秀先，人为"伟人"王杰。

　　遗经世训意为经书可作为世代的训诫。汉韦贤、韦玄成父子均以治经致相。详见第35页"韦氏经"注。

就日瞻云

【位置】

南堡门

【注释】

《史记·五帝本纪》："帝尧者……就之如日，望之如云。"后因以日喻帝王，谒见帝王称之为就日瞻云。清时，王家十四世孙王谦受参加康熙六十一年（1722）千叟宴，御赐龙头拐杖。十六世孙王中极参加过嘉庆元年（1796）千叟宴，御赐黄马褂、银牌。

棠棣竞秀

【款识】

丙申冬月　本邑何思钧

【位置】

二甲西三槐堂后院二楼

【注释】

作者：何思钧（1736—1801）字季甄，号双溪，清灵石两渡村人，乾隆乙未科进士。任翰林院检讨，《四库全书》总校官。

棠棣（dì）：古书上说的一种植物。相传《诗·小雅·常棣》是周公宴兄弟的乐歌，后人借"棣"为"弟"。棠棣竞秀意为兄弟团结，奋勇前进。

德贤星聚

【位置】

底甲东恬逸居后院二楼

【注释】

德贤：有道德修养、
有学问的人。星聚：行
星聚于某宿，犹言会聚。

德贤星聚意为有道
德有学问的人常在这里相聚，切磋琢磨。

守身持正

【注释】

守身：洁身自爱，不为外物所移。

持正：主持公平，不偏不倚。

花萼相辉

【注释】

花萼：花与花萼。

以花、萼相依比喻兄弟相亲，如同花与花萼不相分离，相互照耀，
共同前进。

事亲守身

【款识】

乾隆戊子辰月　刑部尚书胡季堂

【位置】

　　三甲东存厚堂
松竹院后院正窑

【注释】

　　作者：胡季堂，清河南光山人，乾隆三十九年（1774）擢刑部侍郎，乾隆四十四年（1779）迁尚书，嘉庆三年（1798）授直隶总督。

　　侍奉之事，以奉养父母为本。操守之事，以守己身不陷于不义为本。《孟子·离娄上》："事孰为大？事亲为大；守孰为大？守身为大。"

息游藏修

【款识】

　　壬辰暮商　禹都罗洁

【位置】

　　三甲东存厚堂景薰书院二楼

【注释】

　　《礼记·学记》："君子之于学也，藏焉、修焉、息焉、游焉。"郑玄注曰："藏，谓怀抱之；修，习也；息，谓作劳休止于之息；游，谓闲暇无事于之游。"意思是君子胸中常常想着学习，连休息闲暇无事时也在学习。

腾实蜚英

【款识】

昭阳　大荒落季夏　礼部尚书彭元瑞

【位置】

三甲东存厚堂绿门院正厅后

【注释】

作者：彭元瑞（1731—1803），字掌仍，一字辑五，号芸楣。清江西南昌人。乾隆二十二年（1757）进士，官至工部尚书，协办大学士，著有《恩余堂稿》。

语出《史记·司马相如列传·封禅文》："蜚英声，腾茂实。"索隐解："飞扬英华之声，腾驰茂盛之实也。"后因以"蜚英腾实"来称颂人声名事业日日昌盛。

崇德广业

【注释】

《尚书·武成》："惇信明义，崇德报功。"《易·系辞上传》："子曰：易其至矣乎！夫易，圣人所以崇德而广业也。"这一段话的内容是说：孔子说，《易》的道理高深、完备到了极点。《易》，圣人用来提高自己的德行，扩展自己的事业。这里的"崇德广业"是说用《易》来提高自己的德行，扩展自己的事业。

耕心种德

【位置】

顶甲童心园大门

【注释】

耕心：意为耕耘心田。

种德：犹布德，施恩德于人。

耕心种德：耕耘心田，培育善行，施恩德于人。

奎壁腾辉

【注释】

奎：奎宿，主文章。壁：壁宿也称东壁，《晋书·天文志》："东壁二星，主文章，天下图书之秘府也。"参阅第4页"东壁图书府"联解。

婺宿腾光

【款识】

同治甲子榴月恭祝大壶范王母李孺人七旬荣庆 ……晚生杜若椿拜题 ……阎步岳拜书

【位置】

二甲西三槐堂后院

【注释】

婺（wù）宿（xiù）：星名，即宿

282

女星。二十八宿之一，玄武七星第三星，又名须女。

腾光：闪射出光彩，光华四溢。腾为上升之意。这里是对女寿星的歌颂。

克己复礼

【位置】

三甲东存厚堂正厅内

【注释】

意为约束自己，使言语和行动符合礼仪。

刚方清直

【位置】

底甲东恬逸居二楼南房

【注释】

刚方：严正。《后汉书·祭肜传》："祭肜武节刚方。"

清直：清廉正直。《晋书·应詹传》："清直之风既浇，糟秕之俗犹在。"

澡身浴德

【位置】

二甲东缥缃居正厅

意为修养心身，并使纯洁。《礼记·儒行》："儒有澡身而浴德……世治不轻，世乱不沮，同弗与，

异弗非也，其特立独行有如此者。"《三国志·魏书·王修传》注：曹操与修书，"君澡身浴德，流声本州"。

品行兼优

【款识】

优生六翮王梦鹏　儒学教谕傅莲苏敬立

【位置】

三甲东木牌坊

【注释】

作者：傅莲苏，清山西阳曲人，傅山之孙，岁贡生，康熙五十九年（1720）任灵石县儒学教谕。

优生：学行兼优的生员。儒学教谕：正八品，负责县学之管理及课业。

品行：人品德行。王梦鹏在乡施教多年，故受到县儒学教谕的赞誉。

敦孝崇义

【位置】

三甲东木牌坊

【注释】

敦：崇尚、勉励之意。敦孝：谓崇尚注重孝道。崇义：崇尚礼义。

静升王氏十五世孙优生王梦鹏曾受清乾隆帝旌表，奉旨建孝义牌坊一座，故有敦孝崇义美称。

清风家世

【款识】

乾隆丙戌秋　石公楠书

【位置】

三甲东存厚堂书院仪门

【注释】

作者：王者楠，字楚才，号石公，静升王氏十六世孙，候铨州同。

清风：高洁的品格，坚贞的节操。家世：谓世代相传。

竹静居鹤

【位置】

顶甲兰桂园后院

【注释】

语出宋代黄庚《王修竹馆舍即事》："竹净堪居鹤，荷香欲醉鱼。"竹向来为文人墨客所赞赏。如"出土先有节，凌空本无心。"
"劲节逾凡木，虚心异众草。"谓竹不惧风寒，傲霜御雪。鹤为仙鹤，只有它可与竹比节操。故竹静居鹤为主人高风亮节的比喻。

引风延月

引：引进。风：风教。延：引导，引入，迎接。意为引入风教（包括诗教），使社会或尘世如皎月之清明。

仁礼传芳

【款识】

辛卯菊月　元和顾宗泰

【位置】

三甲东存厚堂后院正房

【注释】

仁礼：古代道德观念，包括仁爱、仁慈、恩德、济助等内容。这里的礼是指封建社会儒家的政治、学术思想及先秦时即已制定的典章制度，非今天我们观念里的道德规范。芳：懿德美誉。

齿德清风

【位置】

顶甲隐翠园后院

【注释】

齿德：《孟子·公孙丑下》："天下有达尊三：爵一，齿一，德一。"爵，指官位；齿，指年龄；德，即道德、恩泽。此处指年高德劭。

清风：高洁的品德。

义高三世

【款识】

贡生王麟趾、知州王奋志、贡生王喜　全县绅衿耆庶立

【位置】

顶甲隐翠园后院

【注释】

王麟趾：静升王氏十五世孙，村东有马头渠，积久漂坏，捐地捐金，修水渠一条，聚水防旱，借以灌田。

王奋志：静升王氏十六世孙，在山东直隶广设生理，宗族乡党赖以举火者不下数百家；平生重视斯文，凡因贫不能应科岁乡会试者，便资助攻读；并捐资重修灵石县城文庙，被誉为"一方福星"。

王喜：字巨成，静升王氏十七世孙，清乾隆道员。乐善好施，为乡人所尊敬钦佩。

绅衿：泛指地方上有地位权势的人。绅，指有官职或中科第而退居

在乡的人。衿，青衿，州府县学中生员所穿，指生员。

耆庶：年老有德之庶民。

三世：指王氏家族王麟趾、王奋志、王喜祖孙三代。

月地云居

【位置】

顶甲童心园二楼

【注释】

原为月地云阶，指仙境或美好的景观。

唐牛僧儒《周秦行纪》："香风引到大罗天，月地云阶拜洞仙。"

槐荫启瑞

【位置】

南堡门门楼抱厦

【注释】

槐：指三槐，为周天子时三公（太师、太傅、太保）所在的地方。宋王祐手植三槐于庭，曰"吾之后世必有为三公者"。后其子王旦果入相，世因以三槐为王氏的代称。这里借三槐王氏典故荫启后人。

敦诗说礼

【位置】

三甲东存厚堂屏风门后

月霁风光

【位置】

北堡墙中亭

【注释】

亦称光风霁月，指天朗气清时的和风，雨过天晴后的明月。用以比喻人胸襟开朗，心地坦率，也指政治清明。

永修邻好

【位置】

西堡门外

【注释】

永远与邻里亲善友好。修好，亲善友好。

移风崇教

【位置】

底甲西怡适轩门

【注释】

移转风气，崇尚教化。《韩诗外传》卷八："移风崇教，生而

289

不杀，布惠施恩，仁不偏与。"

阖堡同宗

【款识】

　　大清乾隆五十
八年桂月穀旦　恒
贞堡族人同立

【位置】

　　南堡门内

【注释】

　　阖，全部，整个。阖堡同宗：即整个堡子为王氏同一家族，供奉同一祖宗。

居德善俗

【位置】

　　三甲西不陋
居后院

【注释】

　　意为君子居
贤德地位，移风
易俗，归于美善。语出《易·渐》："山上有木，渐，君子以居贤德善俗。"

茀禄尔康

【注释】

　　茀（fú）：通福。茀禄：福分和禄位。康：安康。

弗禄尔康意为福禄安康。语出《诗·大雅·卷阿》："尔受命长矣，弗禄尔康矣。"

思礼行义

【款识】

同治丁卯　本邑耿文光书

【位置】

三甲西不陋居正窑顶

【注释】

作者：耿文光（1830—1908），我国近代著名藏书家、目录学家。字斗垣，号酉山，别号苏溪渔隐，红豆词人，清山西灵石静升镇苏溪人。同治二年（1863）壬戌科举人。著有《万卷精华楼藏书记》《目录学》和《苏溪渔隐读书谱》等。

思礼：道德完善。行义：躬行仁义。

慎始敬终

【款识】

光绪丙子菊月　族侄恩福敬书

【位置】

三甲西不陋居正厅

【注释】

作者：王恩福，王氏二十一世孙，清同治庚午科举人。

慎始敬终亦作敬终慎始。谓为人处世，从一开始就谨慎，直到最后。语出《礼记·表记》："事君慎始而敬终。"

引重致远

【款识】

　　乾隆五十五年　　乙酉科举人韩士荣

【位置】

　　三甲西槐庭院正窑廊

【注释】

　　语出《易·系辞下》："服牛乘马引重致远，以利天下，盖取诸《随》。"这一段话的意思是说，用牛马驾车负重物行远路，便利天下，是仿效《随》卦。《随》卦主体思想是从善。引重致远意为负重任有远谋，向善前进。

乌衣聚秀

【款识】

　　戊申首夏　　定阳茹纶常书

【位置】

　　二甲西贻毂斋大厅

　　崇宁堡堡门楼匾

【注释】

作者：茹纶常（1740—1800），字文静，号容斋，清山西介休（今介休市义棠镇师屯村）人。乾隆间监生，诰授奉直大夫、布政司经历加二级。著有《茹容斋诗文全集》等。

乌衣：①乌衣巷，地名，在今南京市。三国时吴于此建乌衣营，以士兵服乌衣而名，东晋时王谢诸望族居此。②乌衣郎，指晋王谢两望族的子弟。《南齐书·王僧虔传》："入为侍中，迁御史中丞、领骁骑将军，甲族由来多不居宪台，王氏分枝居乌衣者，位宦微减，僧虔为此官，乃曰：'此是乌衣诸郎坐处，我亦可试为耳。'"

聚秀：聚，会合、汇集。秀，指优秀人才。

乌衣聚秀是说这里是王氏优秀人才集聚之处。

仁义渊薮

【款识】

甲寅荷月　中书科中书　平阳徐昆

【位置】

二甲西贻毂斋后院二楼

【注释】

作者：徐昆，字后山，清山西临汾人，乾隆辛丑（1781）科进士，任内阁中书。著有《柳崖外编》《雨花台传奇》《碧天霞传奇》《书经考》《诗学杂记》和《诗韵辨声》等。

仁义：仁爱正义。

渊薮（sǒu）：鱼和兽类聚居之处，比喻人或物类聚集的地方。《三国志·魏书·高柔传》："臣以为博士者，道之渊薮，六艺所宗。"仁义渊薮意为这里是藏仁爱正义之处。

梅韵棠清

【位置】

底甲东澹宁院第二侧门木匾

【注释】

指梅与海棠的清韵。《花镜》中说："梅为天下尤物，无论智、愚、贤、不肖，莫不慕其香韵，而称其清高。"张潮《幽梦影》卷下："梅令人高……秋海棠令人媚。"清状元陆润庠书联："与菊同野，与梅同疏，与莲同洁，与兰同芳，与海棠同韵，定自称花里神仙。"

自求多福

【注释】

求助自己比求助他人会得到更多的幸福。语出《诗·大雅·文王》：

"勿念尔祖，聿修厥德。永言配命，自求多福。"《后汉书·党锢传·范滂》："古之循善，自求多福；今之循善，身陷大戮。"

规圆矩方　准平绳直
祥云甘雨　丽日和风

【款识】
　　翁方纲
【位置】
　　三甲东存厚堂景薰书院第四院屏风门
【注释】
　　作者：翁方纲（1733—1818），清书法家、文学家、金石学家。字正三，一字忠叙，号覃溪，晚号苏斋，直隶大兴（今属北京市）人。官至内阁学士。精鉴赏，书法谨守法度，并能隶书。

　　规矩准绳：是画圆画方、测水平、打直线的工具。喻指一定的法度、规则、标准。《孟子·离娄上》："圣人既竭目力焉，继之以规矩准绳，以为方圆平直，不可胜用也。"

　　祥云：吉祥之云。甘雨：适时好雨。《诗·小雅·甫田》："以祈甘雨，以介我稷黍，以穀我士女。"《尔雅·释天》："甘雨时降，万物以嘉。"

　　丽日：明媚的太阳。和风：温和的风，多指春风。

　　这四句意为：国家条律规则制度制定执行得好，有如和风甘雨滋润万物，出现了太平盛世，国泰民安。清《养吉斋丛录》十五卷记康熙二十一年三逆荡平后，举行内宴庆贺。翌日，"御制《升平嘉宴诗序》及首唱'丽日和风被万方'句。……是时，诸臣或为诗，或为记，志恩述事，一心一德，欢然交欣。洵太平盛事也。"有意思的是2002年4月1日时任国务院总理朱镕基莅临王家大院视察工作时，曾指出：这十六字匾文，按回文格式倒回来读，可以更好地显示汉文字特征和作者的水平。

（以上由仇晓风注释）

继　志

【位置】

三甲东存厚堂侧门

【注释】

继承前人之志。《礼记·学

记》："其言也，约而达，微而臧，罕譬而喻，可谓继志矣。"

崇　霞

【位置】

四甲红杏园南庑

【注释】

崇：充满。霞：早晚的彩云。崇霞意为园内充满霞光，生机盎然。

（以上由王海琴注释）

松 槃

【位置】

三甲西素心居后院

【注释】

即松盘。旧时京师祭岁以
松枝燎院的风俗。是古时候春
节民俗之一。明《帝京景物略》
中有"夜以松柏枝杂柴燎院中,
曰松盆熰（ōu）岁也"的记载。松槃有驱灾辟邪,祈求平安吉祥之意。

山 高

【位置】

馆藏

【注释】

指高峻的山。比喻崇高的
德行。

敬胜轩

【位置】

三甲西素心居
后院门

【注释】

敬:恭敬,勤
勉。胜:超过,优胜。轩:长廊或小屋,多指书斋、茶馆等字号。这里指以敬胜取名的斋号。

映山辉

【位置】

　　三甲西槐庭后门

【注释】

　　意为映照着山的盛景和优美风光。

（以上由王铁喜注释）

安固

【位置】

　　二甲东德馨轩后门

【注释】

　　安定巩固。《后汉书·皇甫规传》："夫德不称禄，犹凿墉之趾，以益其高。岂量力审功安固之道哉?"《文选》："非所以保守社稷，安固国嗣也。"

传家

【位置】

　　二甲东缥缃居西侧门

【注释】

　　传家事于子孙。《后汉书·郑玄传》："入此岁来，

298

已七十矣。宿素衰落，仍有失误，案之礼典，便合传家。"也指传给子孙或子孙世代相传。苏东坡有诗云："传家有衣钵，断狱尽《春秋》。"

兰芝升庭

【位置】

底甲西存礼堂
静思斋二门

【注释】

意思是希望子
孙有出息。典出南

朝刘义庆《世说新语》谢太傅问诸子侄："子弟亦何预人事，而正欲使其佳？"诸人莫有言者。车骑答曰："譬如芝兰玉树，欲使其生于阶庭耳。"

凡语必忠信，凡行必笃敬。饮食必慎节，字画必楷正。
容貌必端正，衣冠必肃整。步履必安详，居处必正静。
作事必谋始，出言必顾行。常德必固持，然诺必重应。
见善如己出，见恶如己病。

【款识】

乾隆岁次癸酉仲秋上浣　主人敬录以为座右铭

【位置】

二甲西司马第三进后院大门内

【注释】

该座右铭是静升王氏家族借用北宋贤士张思叔的警句而立的家训。原内容为："凡语必忠信，凡行必笃敬。饮食必慎节，字画必楷正。容貌必端正，衣冠必肃整。步履必安详，居处必正静。作事必谋始，出言必顾行。常德必固持，然诺必重应。见善如己出，见恶如己病。凡此十

四者，我皆未深省。书此当坐隅，朝夕视为警。"训言从衣食住行入手，到"温良恭俭让""仁义礼智信"五

德五行收笔，把儒家的"修身、齐家、治国、平天下"贯彻始终。2015年12月29日，该家训被中纪委监察部网站《中国传统中的家规》作为静升王氏家训隆重推出。

笃敬：笃厚敬肃。慎节：小心调节。安详：谓言语行动从容自如。居处：指日常生活。正静：谓思虑精诚，心气平静。谋始：开始时就慎重考虑、谋划，不贸然行事。顾行：顾及行为可以达到的效果，即做不到的事，不轻易承诺。常德：常，即"五常"（仁、义、礼、智、信）；德即"五德"（温、良、恭、俭、让）。常德，指传统道德规范。然诺：许诺。深省：深刻的警悟。坐隅：座位的旁边。

说话一定要忠信诚实，做事必当笃厚敬肃。吃喝上要小心调节，写字一定要工整端正。仪表容颜要端庄大方，穿衣打扮要庄重严肃。无论遇到何种情况，走路都必须从容不迫、稳重坚定。在日常生活中，要心气平静，思虑精诚。从事某项工作，从一开始就要慎重考虑好，要言必信，行必果，说话时就要考虑能否做得到。要坚定守持传统道德规范，一旦对别人有承诺，就要认真对待，绝对不能失信。看到有人做了好事就像自己做了好事一样，感到心情愉悦，想向他们学习。看到别人干坏事就像自己做了坏事一样，内心感到不安。以上这十四条内容，我都没有深刻的警悟。把它写出来，张贴于所坐位置之侧，作为座右铭，每天早晚看看，作为对自己的警示、警戒和警励。

（以上由郑建华注释）

崇宁堡建筑群匾额

崇 宁

【款识】

　　大清雍正四年丙午夏　　六月上浣吉旦

【位置】

　　南堡门外

【注释】

　　崇：高大。语出《易·系辞上》："圣人所以崇德而广业也。知崇礼卑，崇效天，卑法地，天地设位而《易》行乎其中矣。成性存存，道义之门。"

　　宁：安宁，平安。《易·乾》："大哉乾元，万物资始，乃统天。……大明终始，六位时成，时乘六龙以御天。乾道变化，各正性命，保合太和，及'利贞'。首出庶物，万国咸宁。"

　　"崇宁"取义高大道义之门，天道创造万物，天下邦国和美昌盛、顺利安贞。宋徽宗赵佶，以崇宁为年号，或许即取此意。

西　园

【款识】

　　甲戌夏二月　燠斋李因宗

【位置】

　　底甲西凝寿居第一侧门

【注释】

　　西园应为花园匾额。历史
上西园有二：一是汉上林苑的

别称，上林苑原为秦旧苑，汉武帝时扩建，周围至三百里有离宫七十，
苑中养禽兽，供皇帝春秋打猎。二是汉末曹操所建，在邺都。

和　宁

【位置】

　　底甲西凝寿居第二侧门

【注释】

　　和：和顺，和谐，和合。
宁：安定，平安，安宁康乐。

谦　光

【款识】

　　嘉庆戊午秋九月九　约轩王
中极书

【位置】

　　底甲西凝禄居第一侧门

302

因谦让而愈有光辉。《易·谦》："《象》曰：谦亨。天道下济而光明……谦尊而光，卑而不可逾，君子之终也。"

栖 霞

【位置】

二甲东崇孝居月亮门外

【注释】

栖（qī）：栖息停留的地方。霞：彩云。栖霞意为栖息停留彩云的地方。

培 基

【注释】

培：培养、培育、扶植。基：基业，指事业的根本。培基意为增益加厚对事业的创建，并留给子孙后代。

浴 德

【位置】

底甲东凝财居二门

【注释】

浴德：澡身而浴德，是说洁身自好，以道德自律，不为污浊所染。源出《礼记·儒行》："儒有澡身而浴德，陈言而伏，静而正之，

上弗知也；粗而翘之，又不急为也。”

恩　义

【位置】

底甲西凝禧居大门

【注释】

恩情和道义。

乐　善

【注释】

坚持乐于做好事。出自《孟子·告子上》："有天爵者，有人爵者。仁义忠信，乐善不倦，此天爵也；公卿大夫，此人爵也。"

敦　古

【位置】

二甲西崇智居大门

【注释】

敦：勤勉笃实。《易·艮》："敦艮，吉。"是说敦厚而知足知止，吉利。这种吉利说明能以敦厚的品德获得善终，能够保持晚节，止于至善，所以才称敦厚之吉。

古：不随时俗，根底深厚。唐柳宗元《柳先生集·唐故秘书少监陈公行状》："公有文章若干卷，深茂古老。"指书画文章等功力深厚，不随时俗。

书 园

【注释】

园：庭园，供人憩息、游乐、观赏的地方。《隶释·汉成阳令唐扶颂》："白菟素鸠，游君园庭。"南朝宋刘义庆《世说新语·简傲》："王子敬自会稽经吴，闻顾辟疆有名园。"

书园：指书房、书舍、书室、书塾，是既可藏书读书，又可供休息、游乐、观赏的美好地方。

凝 固

【款识】

乾隆戊辰阳月之吉　兰庭题书

【注释】

稳重、稳健、安定、牢固。宋叶适《胡崇礼墓志铭》："崇礼本末单厚，终始信实，启发颖锐而守以凝固，激励勇敢而行以和顺。"

培 桂

【位置】

二甲西崇仁居后院门

【注释】

参见 265 页 "培兰桂" 注释。

乾 惕

【注释】

语出《易·乾》："君子终日乾乾，夕惕若厉，无咎。"意思是说，君子整天勤勤恳恳，即使在夜晚，仍时刻警惕，谨慎行事。如此，虽有危险，亦不会遭受灾祸。乾惕，是说勤勤恳恳，谨慎行事，修养品德，坚行中慎之道，就会大吉大利。

联　辉

【位置】

二甲西崇礼居大门

【注释】

联：古代户口编制及地方行政区域的名称。《周礼·地官·族师》："五家为比，十家为联；五人为伍，十人为联；四闾为族，八闾为联。"联辉指甲第联辉，甲第原指旧时豪门贵族的宅第。《史记·孝武本纪》："赐列侯甲第，僮千人。"也指科举考试中的第一等。《新唐书·选举志上》："凡进士，试时务策五道、帖一大经，经策全通，为甲第；策通四、帖过四以上，为乙第。"甲第，明清时指进士。王家到乾隆时，出过一位武进士王舟来，可以说是"甲第"联辉。其故居就在崇宁堡，匾额就成了有力的证据。

养浩气

【位置】

底甲东凝财居后院门

【注释】

养：陶冶，修养。浩气：浩然之气，正大刚直之气。《孟子·公孙丑上》："我善养吾浩然之气。"

颂天保

【位置】

底甲西凝寿居大门

【注释】

颂：颂扬赞美。

天保：①同天祚，引申为皇统国运；②

《诗·小雅·天保》："天保定尔，以莫不兴。如山如阜，如冈如陵，如川之方至，以莫不增……如月之恒，如日之升。如南山之寿，不骞不崩。如松柏之茂，无不尔或承。"这里用九个"如"字，祝颂福寿绵长。后人遂以"天保九如"为祝寿之词。

锡三多

【款识】

道光元年岁次辛巳荷月　令德昭书

【位置】

底甲西凝福居后院门

【注释】

锡：同赐，赐与。

《公羊传·庄公元年》："王使荣叔来锡桓公命，锡者何，赐也。"三多：多福、多寿、多子。

积善第

【款识】

乾隆岁次乙巳　大庚戴衢亨书

【位置】

　　二甲西崇仁居二门

【注释】

　　作者：戴衢亨
（1755—1811）字荷之，
号莲士，江西大庚（今
江西大余县）人，乾隆四十三年（1778）状元，历任侍读学士、军机大
臣、体仁阁大学士兼翰林院掌院。著有《震无咎斋诗稿》。

　　积善：修积善行。《易·坤》："积善之家，必有余庆，积不善之家，
必有余殃。"第：门第。

景芸晖

【位置】

　　二甲东崇孝居大门

【注释】

　　景：尊敬、佩服，
如景慕、景仰。

　　芸晖：香草名。唐
苏鹗《杜阳杂编》卷上："芸晖，香草名也，出于阗国（我国古代西域
国），其香洁白如玉，入土不朽烂，舂之为屑，以涂其壁，故号芸晖。"

　　景芸晖意为仰慕芸晖香草清香高尚、洁白如云的品格。

思永轩

【注释】

　　思永：见258页"修思永"条注。

　　轩：原指供古代士大夫以上身份之人乘坐的，前顶较高，有帷幕的
车子。后指窗户或有窗户的长廊，引申为房屋，或指亭、阁敞明的建筑

物。《后汉书·延笃传》："夕则消摇内阶，咏《诗》南轩"。

思永轩意为在敞亮明快的亭阁内，为长治久安坚持不懈而又真诚地修养身心。

培兰第

【款识】

　　乾隆戊戌孟夏吉旦　　丁酉举人何道隆题

【位置】

　　底甲东凝禧居大门

【注释】

　　作者：何道隆，清山西灵石县两渡村人。

　　培：培养，培育，扶植，栽种。《宋史·卢秉传》："亭沼如爵位，时来或有之，林木非培植根株弗成，大似士大夫立名节也。"

　　兰：原指兰花和香草。后将兰花和桂花接在一起，因都有异香，用以比喻美才盛德的君子贤人。《文选·刘琨〈答卢谌诗〉》："虚满伊何？兰桂移植。"吕向注曰：兰桂，喻君子。兰桂齐芳，则比喻子孙兴旺发达。芝兰玉树，喻优秀子弟。《晋书·谢安传》："（谢玄）少颖悟，与从兄朗俱为叔父安所器重。安尝戒约子侄，因曰：'子弟亦何豫人事，而正欲使其佳？'诸人莫有言者。玄答曰：'譬如芝兰玉树，欲使其生于庭阶耳。'"后因以芝兰玉树喻优秀子弟。

　　培兰第意为培育佳子弟的人家。

祥瑞生

【位置】

　　底甲东凝财居大门

【注释】

若以字义解，则为吉祥瑞气生于门庭。然人们有所不知者，其匾额则是在侯家"祯祥""祯瑞""祯生"三兄弟之名中各取一字，成为"祥瑞生"门匾。他比"百忍"张姓、"三槐"王姓，更具特指性，只指侯家三兄弟住宅而独家独门使用，其他侯姓则不适宜。王家堡何来侯家三兄弟？因侯家为后起之秀，院子在王家使用不便时卖与侯家。故有此匾。

居之安

【位置】

底甲东凝财居侧门

【注释】

《孟子·离娄下》："君子深造之以道，欲其自得之也。自得之，则居之安；居之安，则资之深；资之深，则取之左右逢其原（源）。故君子欲其自得之也。"朱熹集注："自得于己，则所以处之者安固而不摇；处之安固，则所藉者深远而无尽。"

资之深

【位置】

底甲西凝禄居后院门

【款识】

乾隆丙子仲春吉
日　永安年家眷弟王
□

【注释】

掌握学问牢固而根底深厚。见前页"居之安"条注。

守古风

【注释】

守：坚持，遵守，遵循。古风：参见264页"敦古风"条注。

丽景晖

【注释】

丽景：美景。语出南朝齐谢朓《三日侍宴曲水代人应诏》诗："丽景则春，仪方在震。"晖：同辉，指光辉。《易·未济》："君子之光，其晖吉也。"是说君子的光辉，其心怀诚挚，会带来吉祥。

丽景晖：一指美好的景色，投射出美好的光辉，送来吉祥瑞气。一指家业的建设，不能一蹴而就，仍面临新的挑战，把成功当作新的起点，敦促子孙不断努力前进。

和恒居

【注释】

和：相安，谐调，和谐，和睦。

恒：长久，固定不变。

和恒：和顺安定。语出《尚书·洛诰》："奉答天命，和恒四方民。"

静升王氏后裔同住崇宁堡内，和睦相处，和顺安定，且世代相传，安居堡内，团结一致，只有这样，才能不受外盗的干扰，长久稳定。

百忍堂

【注释】

百忍堂：系张姓堂号。它和"立雪堂""爱莲堂""三槐堂"，成为张、游、周、王四姓的堂号"专利"。张姓门前夸耀的是"百忍遗风"故事，故以"百忍"为其堂号。据《旧唐书·孝友传·张公艺》载："郓州寿张人张公艺，九代同居，北齐时，东安王高永乐诣宅慰抚旌表焉。隋开皇中，大使、邵阳公梁子恭，亦亲慰抚，重表其门。贞观中，特敕吏加旌表。麟德中，高宗有事泰山，路过郓州，亲幸其宅，问其义由，其人请纸笔，但书百余'忍'字。高宗为之流涕，赐以缣帛。"有言道"百忍成金"，其间即包含着累世同居的家庭故事。张公艺从北齐到唐中期九世同居，相当不容易。此院曾住张姓人家，故遗此匾。

五荂轩

【款识】

乾隆乙丑秋赐进士郭定题

【注释】

五荂：指修身养性，诗书写作。《黄庭外景经·下部经》："恬淡无欲养华荂。"务成子注曰："闲居静处，深固灵珠，弃捐世俗，摧刚就深，含养五荂，色如桃花。"唐贾公彦疏引《乐纬》："颛顼之乐曰《五荂》，帝喾之乐曰《六英》。"唐元结《补乐歌·五荂》："五荂，颛顼氏之乐歌也，其义盖称颛顼得五德之根荂。"在礼乐治天下之封建社会，《五荂》乐歌又成为五德教育之"根荂"。

轩：见308页"思永轩"条注。

光前裕后

【款识】

　　乾隆甲子秋　族人子猷书

【注释】

　　见228页"光前裕后"条注。

主善为师

【注释】

　　主：崇尚，注重。主善：善举，推荐德才兼优的人为自己的老师。《左传·文公三年》："子桑之忠也，其知人也，能举善也。"《后汉书·孝桓帝纪》："禁奸举善，兴化之本。"唐李顾《龙门送裴侍御监五岭选》诗："举善必称最，持奸当云尤"。这里的奸指奸臣。

吾爱旧庐

【位置】

　　二甲西崇义居后院门

【注释】

　　语出陶渊明《读山海经·其一》："众鸟欣有托，吾亦爱吾庐。"这里把爱国爱家结合起来，水流千里归大海，故土难忘，教育人爱国爱家，而且要尽力维护保卫。陶渊明不为五斗米折腰，挂印辞官，对故土田园情感深厚，门前栽柳树五株，号曰"五柳先生"。

（以上由仇晓风注释）

宁　安

【位置】

　　崇宁堡东堡门

【注释】

　　安定，安宁，安稳。

联　璧

【款识】

　　甲申重阳　邑人温暖书

【位置】

　　恒贞堡连接崇宁堡桥梁

【注释】

　　作者：温暖，本
名温述光，1932 年 2
月 10 日生，山西省灵
石县交口乡漫河人。
晋中文联原副主席、

副编审。灵石县王家大院景区事务中心顾问。中国散文学会会员、中国
民间文艺家协会会员、山西省作家协会会员、山西省书法家协会会员。

　　联璧指双璧，并列的美玉。比喻两者可互相媲美。

瑞祥聚

【位置】

　　二甲东崇信居仪门内

【注释】

　　瑞祥，一般作祥瑞。意思为吉祥如意，称心美满。也有神灵降福之意。聚：会集，聚集。瑞祥聚即祥瑞会集之意。

作德日休

【款识】

　　辛亥夏日　王蕙书

【注释】

　　作者：王蕙，字齐芳，号南村，监生，静升王氏十六世孙，有《南村诗集》行世。

　　作德：《尚书·周官》："作德，心逸日休；作伪，心劳日拙。"意为修德行善，不费心机，反而越来越好，作伪饰巧，费尽心机，反而越来越糟。

　　休：本义是在树荫下乘凉歇息，由歇息引申为停顿停止，安适的、欢愉的。由停顿、停止引申为取消离弃，不，不要。这里取安适、欢愉之义。宋代彭龟年《许国公生辰·其四》有"作德日休，心广体逸"之句。作德日休意为修德行善使人越来越欢愉快乐、安适自在。

（以上由王铁喜注释）

务　滋

【位置】

　　底甲西凝寿居第一侧门

【注释】

　　务：必须。滋：增益，加多。务滋意思是向百姓施行德惠，务须力求普遍。典出《尚书·泰誓下》："树德务滋，除恶务本。"

云 楣

【位置】

　　底甲西凝福院大门

【注释】

　　指有云状装饰的横梁。

安 居

【位置】

　　二甲西崇义居侧门

【注释】

　　安逸的生活。

时 习

【位置】

　　二甲西崇仁居大门

【注释】

　　经常温习。语出《论语·学而》："学而时习之，不亦说乎。"

福禄寿

【位置】

　　二甲西凝禄居二门

【注释】

指幸福、吉利、长寿。

履景福

【位置】

底甲西凝福院第二侧门

【注释】

意谓享受大福。语出崔骃《袜铭》："长履景福，至于亿年。皇灵既祐，祉禄来臻。"

补过堂

【位置】

二甲西凝禄居大门门楣

【注释】

指弥补自己的过失和缺点。出自《易·系辞上》："无咎者，善补过也。"

迎五福

【位置】

二甲东崇信居后院门

【注释】

"五经"所载五福，一曰寿，二曰富，三曰康宁，四曰攸好德，五曰考终命。能真正得到这五福的人，一定是平和待物之人。"五福"齐备才能构成幸福美满的人生。

不窥园

【位置】

底甲西凝福院侧门

【注释】

指埋头钻研，不为外事分心，专心致志，埋头苦读。典出《汉书·董仲舒传》："下帷讲诵，弟子传以久次柜授业，或莫见其面。盖三年不窥园，其精如此。"后因以"目不窥园"表示自学专心。

怀香园

【位置】

二甲东崇孝居月亮门内

【注释】

先秦时，我国"香"文化渐起，从士大夫到普通百姓都喜欢随身佩带香物，既可美自己，又可敬他人。兰草、白芷、艾都是古代常用香草。到汉代，用"香"之风达到高峰，汉代官场礼仪《汉宫仪》："尚书郎含鸡舌香伏奏事，黄门侍郎对揖跪受，故称尚书郎怀香握兰，趋走丹墀。"古人在香炉上罩熏笼，把衣物等置于其上，用香气熏濡，以使衣冠苏馥，甚至专门为此设

318

置阁楼等设施。"怀香园"便是这类设施，有追求高雅文明纯洁心灵之义。

敦素风

【位置】

二甲东崇孝居内

【注释】

敦：尊重、聚拢，勤勉。素风，纯朴的风尚，清高的风格。出自晋袁宏

《三国名臣序赞》："操不激切，素风愈鲜。"

和为贵

【位置】

二甲西崇智居后院门

【注释】

是儒家倡导的道德实践原则。典出《论语·学

而》："礼之用，和为贵。"就是说，礼的作用，贵在能够和顺。意思是按照礼来处理一切事情，就是要人和人之间的各种关系都能够恰到好处，都能够调解适当，使彼此都能融洽。

钟灵毓秀

【位置】

二甲东崇信居大门

【注释】

谓自然灵秀之气培育俊才。《红楼梦》第三十六回："不想我生不

幸，亦且琼闺绣阁中亦染此风，真真有负天地钟灵毓秀之德！"亦省称"钟秀""钟毓"。

庆衍箕裘

【位置】

  二甲西崇义居大门

【注释】

  庆：祝贺。衍：本义为水广布或长流，引申为展延。箕裘：原指由易而难，有次序的学习方式，后多用来比喻祖先的事业。典出《礼记·学记》："良冶之子，必学为裘，良弓之子，必学为箕。" 意谓子弟由于耳濡目染，往往继承父兄之业。

涉笔不群

【款识】

  赵望进

【位置】

  底甲东宁远书院大门

【注释】

这里指力群先生的文艺创作卓尔不凡，高出于同辈。

情超心慧

【款识】

俊恒题

【位置】

底甲东宁远书院
耳门

【注释】

这里指力群先生情感超脱，头脑聪慧。

丹青圣手

【款识】

乙酉年 李才旺

【位置】

底甲东宁远书院门

【注释】

指画界大师。丹青
就是绘画。古代绘画最
常用的是朱红色、青
色，所以后来人们用"丹青"称绘画。圣手就是大师的意思。这里指力
群先生。

（以上由郑建华注释）

王氏宗祠佳城匾额

第一节　祠堂佳城匾额

王氏佳城

【款识】

　　大清雍正六年秋重修　十五世孙梦鹏敬书

【位置】

　　祖茔大门

【注释】

　　作者：王梦鹏（1680—
1756），字六翮，号竹林，
静升王氏十五世孙，工书
法，殁后入县孝义祠旌表。

　　见159页"地近田依"联注。

克昌厥后

【款识】

　　乾隆十一年内府光禄寺掌醢处署正十七世孙如玑敬献

【注释】

作者：王如玑（1696—1759），字魁山，号绵岫，静升王氏十七世孙，监生，光禄寺掌醢署署正，任刑部陕西司郎中，记名按察使司副使道，诰授中宪大夫，晋封资政大夫。

语出《诗·周颂·雍》："燕及皇天，克昌厥后。"郑玄笺："文王之德安及皇天，又能昌大其子孙。"后因称子孙昌大为克昌。

掌醢（hǎi）处：即掌醢署，清沿明制，为光禄寺四署之一，掌盐、花椒、酱之类，从六品。

光禄寺：掌宫廷所用食物之官署。

孝思不匮

【款识】

乾隆五十一年中宪大夫湖南宝庆府知府前户部浙江司员外郎加五级十八世孙肯为敬献

【注释】

孝思：孝亲之思。《诗·大雅·下武》："永言孝思，孝思维则。"郑玄笺："长我孝心之所思。所思者其维则三后之所行。子孙以顺祖考为孝。"

匮（kuì）：穷尽，空乏。《诗·大雅·既醉》："孝子不匮，永锡尔类。"毛传："匮，竭。"郑玄笺："孝子之行，非有竭极之时。"

中宪大夫：四品官制。户部：清六部之一，分管贡赋、禄俸、边镇粮饷及关税等。员外郎：郎中之助理，从五品。

无忘祖德

【款识】

　　乾隆四十二年难荫陕西直隶商州山阴县知县十八世孙照堂敬献

【注释】

　　作者：王照堂（1754—1811），名荣棨，字廷仪，更名照堂，号绵峰。荫袭恩骑尉，后累官至宁夏道台。

　　难荫：因父辈王如玉为朝廷遇难伤亡，荫其子照堂为官。

　　直隶商州，治今陕西商洛市。直隶州，明清制，省之下有府州，州又有散州、直隶州之别。散州隶属于府，直隶州直属于布政司管辖。

流泽孔长

【款识】

　　乾隆五十一年资政大夫户部广西司郎中候补道加五级十八世孙肯任敬献

【注释】

　　作者：王肯任（1730—1779），字子胜，号抑斋，官至户部广西司郎中，诰授资政大夫。

　　流泽：流布恩德。《荀子·礼论》："积厚者流泽广，积薄者流泽狭也。"孔长：深远长久。《淮南子·精神

训》：“孔乎莫知其所终极，滔乎莫知其所止息。”高诱注：“孔，深貌。”

资政大夫：清正二品官。郎中：六部内各司的主官，从隋唐至明清一直沿袭不变。候补道：候补道员，尚未上任，等道员缺额后补替之。加五级：清代每立功一次，记录一次，连记三次加一级，加五级等于记功十五次。

以享以祀

【款识】

嘉庆十七年朝议大夫原任顺天府通判加二级十七世孙如琨敬献

【注释】

作者：王如琨（1767一？），字良玉，顺天府督粮通判加治中衔，有“好善乐施”坊旌表。

享、祀：祭祀。以：虚词，无实义。

朝议大夫：清从四品官。顺天府通判：明初改元大都为北平布政使司，永乐迁都，改为顺天府，即今北京。通判，清制正六品，专掌京城各市牙侩名册而征其税。

告孝告慈

【款识】

嘉庆十七年特授长芦都转盐运天津运同加五级十八世孙臣敬谨献

【注释】

以慈孝之心上报先祖。

长芦：河北沧县。

运同：从四品，专管盐运事项。

锡类明禋

【位置】

宗祠内石坊前

【注释】

锡类：以善施及众人。语本《诗·大雅·既

醉》："孝子不匮，永锡尔类。"毛传："类，善也。"郑玄笺："孝子之行非有竭极之时，长以与女（汝）之族类，谓广之以教导天下也。"这里指教育后人，赐福于后人。锡，同赐。

明禋（yīn）：禋，升禋祭天以求福。明禋，以明洁诚敬的心献享敬天。锡类明禋意为上敬于天，下善于人。是对祖先的歌颂。

衎我烈祖

【款识】

道光十一年十八世孙锡瑞偕男登名登春敬献

【位置】

宗祠戏楼

【注释】

衎（kàn）：乐，欢乐。《诗·小雅·南有嘉鱼》："君子有酒，嘉宾式燕以衎。"朱熹集传："衎，乐也。"《宋史·乐志九》："钟鼓惟旅，笾豆孔时，衎我祖宗，既右享之。"

烈祖：建立功业的先祖。《诗·小雅·宾之初筵》："籥舞笙鼓，乐既和奏，烝衎烈祖，以洽百礼。"衎我烈祖意为祭祀时以乐、酒敬献先祖。

荩臣宗望

【款识】

　　大清嘉庆九年荷月创始　大清嘉庆十年菊月落成

【位置】

　　宗祠前木牌坊

【注释】

　　荩（jìn）臣：忠诚之臣。语本《诗·大雅·文王》："王之荩臣，无念尔祖。"集传："荩，进也，言其忠爱之笃，进进无已也。"

　　宗望：祖宗所希望。

肃雍和鸣

【款识】

　　嘉庆癸亥　榆次

赵鹤书

【位置】

　　孝义祠乐楼前

【注释】

　　作者：赵鹤（1726—1813），字鸣皋，号白山、南星、南老，清山西榆次东阳镇人。其书法博求汉唐碑刻，以书名噪于时。乾隆谓"晋书家傅征君山外，惟先生能得法髓"，赵字遂为世人所重。

肃雍：庄严雍容，整齐和谐。形容祭祀时的气氛和乐声。《诗·周颂·有瞽》："喤喤厥声，肃雍和鸣，先祖是听。"

绳其祖武

【位置】

王氏宗祠献亭

【注释】

绳：继。武：迹。

绳其祖武意为继承祖先业绩。语出《诗·大雅·下武》："昭兹来许，绳其祖武。"

典祀千秋

【款识】

乾隆丙申　十八世孙布政司理问肯学敬献

【位置】

宗祠正厅暖阁

【注释】

典祀：按规定举行的大祭。千秋：千秋万岁，形容岁月久远。

世守勿怠

【位置】

佳城守茔房门

【注释】

勿怠：勿松懈、懒怠。谓看坟人世世代代守护，莫要懈怠。

（以上由仇晓风注释）

第二节　旌表匾额

奉旨　恤赠太仆寺卿

【位置】

宗祠大门　为贵西道王如玉立

【注释】

奉旨：接受皇帝旨命。恤赠：朝廷对阵亡官吏的赠谥。太仆寺卿：太仆寺内的最高官员。从三品。清制，太仆寺专管两翼牧马场之政令，遇皇帝出行则以卿、少卿一人随行。王如玉为静升王氏十七世孙，原为贵州贵西道道员，后奉旨赴金川出征，半路遇敌身亡，故由四品道员恤赠为从三品太仆寺卿。

积德累功

【款识】

乾隆辛未太子少保协办大学士吏部尚书兼翰林院掌院事教习庶吉士加三级　梁诗正题

【位置】

宗祠大门

【注释】

作者：梁诗正（1697—1763），清浙江钱塘（今杭州）人，字养仲，又字芗（xiāng）林。雍正进士。官至东阁大学士掌翰林院学事。著有《矢音集》。

辛未：乾隆十六年（1751）。

太子少保：与太子少师、太子少傅为东宫"三少"。

协办大学士：清雍正后，于内阁大学士以外，增设协办大学士，职务、待遇、称谓都与大学士相同，官阶比大学士仅次一级，为从一品。

吏部尚书：为六部之首，掌管用人之权。

翰林院掌院事：清制，翰林院不设学士，亦无长官，仅于大学士尚书中简充翰林院掌院学士，为侍读学士以下各官之长。

奕叶相承

【款识】

乾隆庚午赐进士出身光禄大夫都察院左都御史加五级　梅毂成题

【位置】

宗祠大门

【注释】

作者：梅毂成（1681—1763），字玉汝，号循斋，别号柳下居士。

清安徽宜城人。自幼受家学熏陶，对历算数学颇有研究，康熙五十四年（1715）赐进士出身。

奕叶：累世，代代。

庚午：乾隆十五年

（1750）。

赐进士出身：进士，原指可以授爵禄的人。隋大业中乃以进士为取士科目，唐宋依隋制。明清时举人会试中士，殿试一甲三名，为赐进士及第；二甲若干名，为赐进士出身；三甲若干名，为赐同进士出身，通称进士。

光禄大夫：正一品，是清朝文臣中最高之官职。

左都御史：都察院之长官。

尊祖合族

【款识】

乾隆庚午赐进士出身大学士　孙嘉淦题

【位置】

宗祠大门

【注释】

作者：孙嘉淦（1683—1753），清山西兴县人，字锡公，号懿斋。康熙五十二年（1713）进士，累官至吏部尚书协办大学士。著有《诗经补注》。

尊祖：尊崇祖先。合族：共处一堂。尊祖合族意为合族团结一致，对祖宗毕恭毕敬。

直隶：直接隶属于朝廷管辖。

湖广：指今湖南湖北地区。

总督：管辖地方之长官，有节制文武之权。

合河：今山西兴县，唐宋时称合河。

积厚流光

【款识】

乾隆三十六年知灵石县事　张曾敏题

【位置】

宗祠大门

【注释】

作者：张曾敏，清安徽桐城人，禀贡，乾隆三十二年（1767）知灵石县事。

积厚：业基深厚。流光：光同广，影响广远。

积厚流光是说功业深厚，则流传给后代子孙的恩德就会广远。语出《荀子·礼论》："积厚者流泽广，积薄者流泽狭也。"

捐资尚义

【款识】

邑侯李迪霖为义士王兴旺立

【位置】

本家

【注释】

作者：李迪霖，清江西南昌人，举人，康熙五十八年（1719）知灵石县事。

王兴旺为静升王氏十三世孙，与十四世孙王谦受、王谦和同为王氏发家的关键人物。他以业贾起家，性格淳厚，克勤克俭，敦本睦族。清康熙八年（1669）乡里遭荒年，乡民难以维持生计，兴旺大义捐百五十金为乡民解忧。其义举受到灵石县令表彰，并列入县忠义祠奉祀。

奉旨　清标彤管

【款识】

为王衍信继妻宋氏立

【位置】

本家

【注释】

清标：俊逸，清美出众。这里指道德品质美好出众。彤管：杆身漆朱的笔，古代女史记事用。《诗·邶风·静女》："静女其娈，贻我彤管。"

清标彤管，当指衍信继妻道德品质高尚。

功在尼山

【款识】

邑侯侯荣圭为义士王斗星立

【位置】

本家

【注释】

作者：侯荣圭，清河南济源人，举人，康熙十年（1671）知灵石县事。

尼山：尼丘山，在山东曲阜市。相传孔子父叔梁纥、母颜氏野合（指年龄悬殊较大）后，祷于此而生孔子，故孔子名丘，字仲尼。这里借指孔子。康熙初，王斗星独家捐金三百，重修静升文庙，故有此称。

环桥伟望

【款识】

邑侯朗国祯为州同王谦和立

【位置】

本家

【注释】

作者：朗国祯，清奉天（今沈阳）人，监生，康熙三十二年（1693）知灵石县事。

王谦受、王谦和，是静升王氏兴起的关键人物。康熙年间，"三藩之乱"时陕西提督王辅臣起兵响应。清军出兵平王辅臣时，王氏兄弟担任筹备军马粮草之职。平叛胜利之后，王氏兄弟声震京都，受到清政府的嘉奖，威望很大。此匾似指此事。

节孝遗芳

【款识】

雍正丙午菊月　巡抚石麟敬书

【位置】

宗祠大门东侧

【注释】

节孝：贞节和孝道。遗芳：比喻留盛德美名于后人。恭人：古时对官吏之妻的敬称。

纯孝苦节

【款识】

雍正四年重阳　巡抚石麟敬书

【位置】

宗祠大门西侧

【注释】

　　纯孝：至孝。苦：快意，幸好。《方言》卷二："苦，快也。"郭璞注："苦而为快者，犹以臭为香、乱为治……此训义之反覆用之是也。"节：节操。

　　纯孝苦节意为至孝并守节。

壶范可风

【款识】

　　山西布政司蒋洞为王辅廷妻马宜人立

【位置】

　　本家

【注释】

　　壶（kǔn）范：妇女的楷模、仪范、典式。壶，原指宫中的道路，引申为宫内。《诗·大雅·既醉》："其类维何，室家之壶。"风：风范、风教、风度。可风：可为风范。

　　宜人：清代给予五品官之妻的封号。

修桥济众

【款识】

　　合村为贡监王显祚立

【位置】

　　本家

【注释】

　　王家在静升村修桥铺路，善事甚多，村中王公石桥即为王显祚修建，至今仍通行，行人车马不绝。

　　贡监：明清时以贡生资格入国子监读书者，称为贡监。贡监是贡生之一，科举制度中，地方儒学生员升入国子监，意思是把人才贡献给皇帝，故称贡生。

冰檗流声

【款识】

　　山西学政励宗万为王辅廷妻马宜人立

【位置】

　　本家

【注释】

　　檗（bò）：黄柏，性寒味苦。冰檗喻寒苦而有节操。唐刘言史《初下东周赠孟郊》诗："素坚冰檗心，洁持保贤贞。"流声：流播名声。南朝梁刘勰《文心雕龙·论说》："独步当时，流声后代。"

芳名永存

【款识】

　　山西布政司蒋洞为生员王昌祚继妻刘恭人立

【位置】

　　本家

【注释】

　　芳名：美名。永存：久远存在。

名标彤史

【款识】

　　山西学政励宗万为生员王昌祚继妻刘恭人立

【位置】

　　本家

【注释】

　　彤史：古代宫中女官名，掌记宫闱中起居等事。此指王昌祚继妻刘氏事迹可入彤史。见333页"奉旨清标彤管"注。

闺阁仪型

【款识】

霍州知州单涛为生员奉直大夫王梦麟继妻杨氏立

【位置】

本家

【注释】

闺阁:原指女子的卧室,这里借指妻室。仪型:楷模,典范。苏轼《次韵张安道读杜诗》:"简牍仪刑在,儿童篆刻劳,今谁主文字,公合把旌旄。"

宗族保障

【款识】

中宪大夫乡饮大宾王中辉　静升王氏合族同立

【位置】

恒贞堡二甲西贻穀斋后院

【注释】

中宪大夫:正四品。

乡饮大宾:乡饮酒礼的宾介。周制,乡饮酒礼选举乡里处士之贤者当

任为"宾",其次为"介",又次为"众宾"。其后历代相沿,名称不尽相同。明清时又有宾(亦称大宾)、僎宾、介宾、三宾、众宾等名号,统称乡饮宾。

义隆乡井

【款识】

平阳府知府俞世治为义士王奋志立

【位置】

本家

【注释】

义：情义、恩义。义士是指急人之急，忧人之忧，并出钱资助之人。

隆：高。

乡井：指家乡。

平阳府：今山西临汾。灵石县玥、清皆属平阳府直隶霍州管辖。

德标彤管

【款识】

邑侯彭由义为生员奉直大夫王梦麟继妻杨氏立

【位置】

本家

【注释】

见333页"奉旨清标彤管"注。

膏泽吾民

【款识】

邑侯龙应时为朝议大夫王奋志立

【位置】

本家

作者：龙应时，清顺德人，进士，乾隆二十四年（1759）知灵石县
事。

膏泽：滋润作物的及时雨，比喻给予恩惠。

邑侯：旧称县令为邑侯，以其治理一邑。

朝议大夫：从四品。

王奋志：生员，后为候补知州，诰封朝议大夫。

花县分猷

【款识】

吉安府知府郑禧为吉水县县丞王崇立

【位置】

本家

【注释】

作者：郑禧，字乐山，号凤岐，清山西五台蒋坊村人。康熙进士，
授翰林院检讨，后任福建督学，江西吉安、南昌知府等职。

花县：故实出自晋潘岳，岳为河阳县令时，满县遍种桃花，人称
"河阳一县花"。后便以"花县"为县治的美称。

分猷（yóu）：分谋，分管。《尚书·君陈》篇："尔有嘉谟嘉猷，则
入告尔后于内。"

吉安府：属江西省管辖。

德懋宾筵

【款识】

邑侯汪志伊为乡饮大宾王中堂立

【位置】

本家

作者：汪志伊，清安徽桐城人，举人，乾隆四十七年（1782）知灵石县事。

德懋（mào）：懋，勉励。在德行上勉励。

宾筵（yán）：幕宾，明清时称幕友，指官府里的参谋顾问人员。

活我黎庶

【款识】

邑侯龙应时为刑部郎中王如玑立

【位置】

本家

【注释】

黎庶：黎民。王如玑置义田于本族。乾隆二十四年（1759）大旱，命长子肯为捐金数千，救活庶民千万，故有牌匾旌表。

郎中：官名，自唐至清代，各部沿置郎中，分掌各司事务，为尚书、侍郎、丞以下的高级官员。

甘心存一

【款识】

邑侯陈玉墀为儒士王国枢妻李氏立

【位置】

本家

【注释】

作者：陈玉墀，名绍贵，清宛平（今属北京）人，举人，乾隆四十九年（1784）知灵石县事。

封建社会，对妇女规定条框甚多，三从四德即是压迫妇女的枷锁。三从，未嫁从父，嫁后从夫，夫死从子。四德，妇德、妇功、妇容、妇言。甘心从一，即丈夫死后，不管年龄多大，都以不再嫁人为节妇。也即俗话所说："好马不配二鞍，好女不嫁二男。"是对妇女的桎梏。

钦赐世袭恩骑尉

【款识】

为山阴县知县照堂立

【位置】

立匾　在宗祠戏楼前木牌坊

【注释】

钦赐：皇帝恩赐。

世袭：世代继承。

恩骑尉：皇帝恩赐六品武略骑尉。照堂为王如玉子，如玉阵亡后，荫其子为世袭恩骑尉。后累官至宁夏道台。

（以上由仇晓风注释）

孝　义

【款识】

乾隆乙巳夏日

翁方纲敬书

【位置】

孝义坊坊心正面

【注释】

行孝重义。《新

唐书·太宗本纪》记载贞观三年，"赐孝义之家粟五斛"。

祥开厥后

【款识】

邑侯张曾敏赠

【注释】

祥：吉利，祥和。《汉书·刘向传》："和气致祥，乖气致异。"开：开启。厥后：以后。祥开厥后意为有好的开端，才能庇荫子孙，遗惠后代，使子孙都兴旺起来。

（以上由郑建华注释）

长发其祥

【款识】

乾隆三十六年知灵石县事张曾敏题

【注释】

《诗·商颂·长发》："浚哲维商，长发其祥。"

郑玄笺："长，犹久也。……深知乎维商家之德也，久发见其祯祥矣。"长发其祥后亦引申用为事业发达之吉利语。

（此匾由王海琴注释）

静升文庙匾额

敬　止

【位置】

　　大成门东耳房

【注释】

　　敬：敬仰。止：语词。语出《诗·大雅·文王》："穆穆文王，于缉熙敬止。"朱熹注曰："言穆穆然文王之德，不已其敬如此，是以大命集焉。"这里是说孔子之德，可比天子文王。

沐　心

【位置】

　　大成门西耳房

【注释】

　　此处建筑，原为更衣室，文人学士、达官贵人典祭孔子时，在这里更衣沐手，然后进香。沐心当为诚心诚意。

弘 道

【位置】

文庙后门

【注释】

弘扬大道，弘扬正道。大道，大道理。《礼·礼运》："大道之行也，天下为公。"也指正道，常理。《论语·卫灵公》："人能弘道，非道弘人。"

仁 化

【位置】

东圣迹廊

【注释】

仁义教化，以儒家仁爱和正义教化乡民。

育 德

【位置】

西圣迹廊

【注释】

培养德性。《易·蛊》："君子以振民育德。"振民，谓教民。

344

行 义

【位置】

尊经阁后甬道东月亮门外

【注释】

品行和道义。或指躬行道义。《后汉书·鲁恭传》："今边境无事，宜当修仁行义，尚于无为，令家给人足，安业乐产。"《庄子·天地》："跖与曾史行义有间矣。"

寝 殿

【位置】

寝殿门

【注释】

供奉孔子夫人亓官氏的专祠，内有木牌书写"至圣先师夫人神位。"

亓官氏，宋国人，十九岁嫁给孔子，先孔子七年去世。宋大中祥符元年（1008），被真宗赵恒追封为"郓国夫人"，元至顺三年（1332）又被加封为"大成至圣文宣王夫人"。明嘉靖八年（1529）改称孔子为"至圣先师"，亓官氏也被称为"至圣先师夫人"。孔子死后，"孔子所居之堂为庙"，亓官氏即同孔子一起被祭祀。

棂星门

【位置】

棂星门

【注释】

棂星：又名灵星、天田星。古人认为棂星"主得士之庆"，故又称之为文星。古代天子祭天时，先祭棂星。

宋代时孔庙始置棂星门，意为尊孔如同尊天，孔子乃文星也。

大成殿

【位置】

大成殿

【注释】

大成一词来源于《孟子·万章下》："孔子之谓集大成。"古乐一变为一成，九变而乐终，至九成完毕，称为大成。后称集中前人的主张、学说等，形成完整的体系为集大成。

大成门

【位置】

大成门

崇圣祠

【位置】

　　崇圣祠门

【注释】

　　清雍正元年（1723）追封孔子上五世祖为王爵后，立崇圣祠。内供

孔子五世祖肇圣王木金父，左供高祖裕圣王祈父，右供曾祖诒圣王防叔，再左供祖父昌圣王伯夏，再右供父亲启圣王叔梁纥。

启圣祠

【位置】

　　启圣祠门

【注释】

　　祭祀孔子父亲叔梁纥和母亲颜征在的地方。

宋真宗大中祥符元年（1008），加封叔梁纥为启圣王，追封颜氏为鲁国夫人。元至顺元年（1330），又被加封为"启圣王太夫人。"

德侔天地

【位置】

　　文庙东门

【注释】

　　孔子之德可与

天地相比。侔，相等。灵石县文庙匾上文字为"德配天地"。

道冠古今

【位置】

文庙西门

【注释】

孔子学说思想是古今最高的。灵石县文庙匾上文字为"道贯古今"。

生民未有

【位置】

大成殿内

【注释】

自有人类以来，没有人像孔子那样伟大。语出孟子和子若，"自有生以来，未有孔子也"（孟子），"出乎其类，拔乎其萃，自生民以来未有盛于孔子也"（子若）。此匾为清世宗胤禛于雍正四年（1726）题颁于曲阜孔庙，并颁至全国各地文庙刻制。

化成悠久

【位置】

大成殿内

【注释】

化成即教化成功，语出

348

《易·恒》:"圣人久于其道而天下化成。"清高宗弘历于乾隆三十六年（1771）御书颁给孔子庙,全国文庙一体刻制悬挂。

万世师表

【位置】

大成殿内

【注释】

师表:表率,学习的榜样。清康熙二十三年（1684）,圣祖玄烨到曲阜孔庙亲祭,行三献礼,三跪九叩,并听孔子后裔孔尚任讲解儒经,面谕孔子、颜回、曾参、孟子、仲由五姓后裔为官者:"至圣之德与日月并明,与天地同运,万世帝王咸所师法","朕向来研究精义,佳思圣道,欲加赞颂,莫能言明。特书'万世师表'四字,悬挂殿中,非云阐扬圣教,亦以垂示将来"。此匾还被颁至全国文庙一体刻制悬挂。静升文庙之"万世师表"匾,即奉旨刻制悬挂（《灵石县志》有记载）。

与天地参

【位置】

大成殿内

【注释】

取自《易·说》:"参天两地而倚数。"赞颂孔子德行、功德可与天地相比。此匾为清高宗弘历于乾隆三年（1738）御书颁给曲阜孔庙。全国各地文庙均刻制悬挂。

时中立极

【位置】

　　大成殿内

【注释】

　　时中：语本
《中庸》："君子之中
庸也，君子而时

中。"儒家因此以"时中"指立身行事合乎时宜而无过与不及。极：中
正的样子。清高宗弘历乾隆十三年（1748）御书颁给孔子庙，全国文庙
一体刻制悬挂。

四教睿哲

【位置】

　　东配殿外

【注释】

　　四教：指文教、
行教、忠教、信教。

　　睿哲：神圣明智。

　　四教睿哲即是说儒家文行忠信四教神圣明智，功效卓著。

六德通圣

【位置】

　　西配殿外

【注释】

　　六德：《周礼·地
官·大司徒》："以乡

三物教万民而宾兴之。"一曰六德：知、仁、圣、义、忠、和；二曰六行：孝、友、睦、姻、任、恤；三曰六艺：礼、乐、射、御、书、数。通圣：通达圣明。

六德通圣意为儒家六德通达圣明，可施教于民，启迪智慧。

疏通知远

【位置】

大成门后

【注释】

指孔子教育学生因材施教，循循善诱。通过书教，使民通古今，有远谋。语出《礼记·经解》："疏通知远，书教也。"

兴学育才

【款识】

山西教育厅长陈 题褒

静升村学务会长兼启蒙小学校长王修齐 民国十六年八月十五日

【位置】

义学正窑

【注释】

兴办学校，培育人才。兴学育才是一个时代观念，已不是旧礼教的旧内容，而是指学习西方，兴办新式学校，培育新的建设人才。

圣集大成

【注释】

圣：无事不能。集大成：见346页"大成殿"注。清仁宗颙琰于嘉庆三年（1798）御书颁天下学宫，曲阜孔庙及全国文庙均有悬挂。

圣协时中

【注释】

协：相同，相和。时中：立身行事合乎时宜而无过与不及。清宣宗旻宁于道光二十五年（1845）颁天下学宫，曲阜孔庙及全国各地文庙均刻制悬挂。

礼师奠圣

【位置】

明伦堂门

【注释】

是对先师先圣的尊敬。

《礼记》曰："大学始教，皮弁祭菜，示敬道也。"郑玄注曰："祭菜，礼先圣先师。"沈约《宋书》曰："魏齐王每讲肄经通，辄使太常释奠先圣先师于辟雍。"在讲学之前，先要奠祀先师先圣。古时学生入学，先要向孔夫子叩头，再向执教先生叩头，然后入座听课。

敷经说义

【位置】

义学门

【注释】

讲述经义。《东观汉记》曰："恒荣拜议郎。入侍太子，每朝

会辄令荣于公卿前敷奏经书，帝称善。"《后汉书·戴凭传》曰："正旦朝贺，百僚毕会，帝令群臣能说经者，更相难诘，义有不通，辄夺其席。"

德齐帱载

【位置】

大成殿内

【注释】

道德如同天地高大宽广。《左传·襄公二

十九年》："如天之无不帱也，如地之无不载也。"帱（dào），覆盖。后因以帱载指天地之德。

辉光日月

【位置】

尊经阁

【注释】

意谓圣人之经

书可经纬天地，与天地共存，与日月同辉。

金声　玉振

【位置】

　　大成殿东西侧门

【注释】

　　这是孟子赞扬孔子的言论：
"孔子之谓集大成。集大成也
者，金声而玉振之也。金声也
者，始条理也；玉振之也者，
终条理也；始条理者，智之事
也；终条理者，圣之事也。"意
为孔子之德，集古圣贤之大成，
如同演奏音乐，先敲钟以发众
声，演奏结束时，击磬以收众音。后世以此表示声名广布。

（以上由仇晓风注释）

明　道

【位置】

　　东圣迹廊背面

【注释】

　　出自《汉书·董仲舒
传》："正其谊不谋其利，
明其道不计其功。"

　　明道意为知晓道理。

正 伦

【位置】

西圣迹廊背面

【注释】

正：端正，合乎法度。
伦：伦理。

正伦意为做人做事合乎法度、遵循伦理道德。

尊经阁

【位置】

尊经阁门

【注释】

尊经：尊崇经典。经，指儒家经典。尊经阁为藏书之所。文庙尊经阁贮藏儒家重要经典及百家子史诸书，以供学宫生员博览经籍，阅读研求。

（以上由张建林注释）

光德富义

【位置】

静升文庙赈济堂大门

光德：谓显扬有德之人。汉扬雄《法言·重黎》："天胙光德而陨明忒。" 李轨注："天之所福光显有德而令陨之者，明乎秦楚忒恶之所致。"富义：这里指富义仓，是中国各地储粮备荒的一种社会习俗，隋唐已有，这里指静升文庙的赈济堂，俗称义仓。

光德富义指有德之人在这里置有粮食储备仓库。

灵石县第二区区立高等小学校

【款识】

民国十年六月立 李镛题

【位置】

静升文庙义学大门

【注释】

作者：李镛，字虞卿，山西汾城（今属襄汾县）人，民国时曾任灵石县第二区区长。

（以上由郑建华注释）

资寿寺匾额

佳　境

【款识】

乾隆壬子暮春吉旦　晢堂
耿眷书

【位置】

仪门内

【注释】

佳境：指风景优美的地方，也指美好的境界和美好的意境。佛教则指极乐世界。一指六识所各自辨别的对象，如眼识以色尘为境界。一指造诣。《无量寿经》："斯义弘深，非我境界。"

毓　秀

【位置】

禅堂院门

【注释】

毓：孕育，产生。也指繁殖，养育。《周礼·地官·大司徒》："以蕃鸟兽，以毓草木。"毓，古育字。秀：秀丽，秀美。《世说新语·言

语》："顾长康从会稽还，人问山川之美，顾云：千岩竞秀，万壑争流，草木蒙笼其上，若云兴霞蔚。"

"毓秀"常和"钟灵"组词出现，钟灵毓秀是说美好的国土诞育优秀人物。后佛教圣地也借用之。清陆以湉《冷庐杂识·神缸》："天台为仙境，为佛地，无怪钟灵毓秀，甲于他邑。"钟灵，灵秀之气汇聚。毓秀指养育灵秀之地。

忠 义

【位置】

关帝庙前东碑亭

【注释】

忠君报国的正义品德。

仁 勇

【位置】

关帝庙前西碑亭

【注释】

属儒家的道德观念范畴，儒学的仁包括恭、宽、信、敏、惠、勇、忠、恕、孝、悌等。勇是仁的内容之一。这里将仁中的勇特别提出以强调关公的尚武精神。

别一天

【位置】

方丈院门外

【注释】

别一天：别具美好的天地，或称境界。唐段成式《酉阳杂俎·诺皋记下》："抑知厚地之下，或别有天地也。"这里指尘世之外的另一种神界。古时认为出家当和尚是进入另一世界，在俗界犯罪后，只要出家剃度，便可放下屠刀，立地成佛，县衙不再追究。

尊天阁

【位置】

尊天阁重檐

【注释】

尊天：护法神之尊称，此处的"天"指神。阁：阁楼，护法神居住的地方。护法神众多，故称"众天"。"众天"即诸位尊天之简称。尊天则是管理一方的护法神。梵天、帝释天、毗济门天、韦陀天等，都属于天部之护法神。

鄠杜景

【款识】

乾隆辛亥荷月　廪圓赵执言

【位置】

　　禅堂院门

【注释】

　　鄠（hù）杜：
鄠，鄠县；杜，杜
陵。《汉书·地理
志》："秦地有鄠杜
竹林。"杜陵，在今

西安市东南，古为杜伯国，本名杜源，秦置杜县，汉宣帝在此建陵，改
名杜陵。杜陵东南十余里有小陵，为徐后葬处，称少陵。唐杜甫居此，
故称杜陵布衣、少陵野老。鄠杜景取鄠杜竹林之胜景意，借指竹林精
舍，为如来说法场所。今借指本寺僧人讲经说法之地。

八水圆功

【款识】

　　乾隆壬子暮春　　知灵石县事虞亦绶敬书

【位置】

　　仪门前

【注释】

　　作者：虞亦
绶，举人，清金坛
（今江苏金坛市）
人，乾隆五十四年
（1789）知灵石县事。

　　八水：八功德水，指极乐净土的池水。此水具有八种功能，即一
甘、二冷、三软、四轻、五清净、六不臭、七不损喉、八不伤腹。《无
量寿经》："八功德水，湛然盈满，清净香洁，味如甘露。"圆功：功德
圆满。佛家称念佛、诵经、布施、持戒、了生死、度众生等一切善事为

功德。《大乘义章·十功德义三门分别》："功谓功能，能破生死，能得涅槃，能度众生，名之为功。"资寿寺为佛门圣地，施八水圆满功德普度众生，救其出苦海。

慈航普渡

【款识】

乾隆六十年桂月　里人国学生赵执言书

【位置】

尊天阁前

【注释】

慈航：指慈悲之船，为佛、菩萨普度众生之工具。

普渡：普度众生。佛教视众生在世，营营扰扰，如在海中，本着大慈大悲之宗旨，施宏大法力救济之，使其登上彼岸。

慈航普渡意为佛祖驾驭慈悲之船，引度众生出生死苦海到彼岸。

护法荡魔

【款识】

道光壬寅壮月　县儒学教谕醴海胡丰年书

【位置】

尊天阁后

【注释】

护法荡魔：关帝被历代封为伏魔大帝，又称关圣帝君、荡魔真君，是道教奉祀的重要护法天神，受帝王与民间的推崇供奉和信仰。

教谕：学官名。宋代在京师设立的小学和武学中始置教谕。元明清县学亦置教谕，掌文庙祭祀，教育所属生员。

法王古刹

【款识】

大明天启二年春三月初一日

【位置】

仪门正面

【注释】

法王：佛教称谓。意为佛法之王，原指释迦牟尼，《法华经·药王品》曰："如来是诸法之王。"《维摩经》曰："佛于诸法得胜自在，故名法王。"后来引申为传法的首领。中国元、明两代政府用作封号，以赠藏传佛教首领。也用以称一些天神、菩萨、佛，以示崇敬。

古刹：刹，亦称"塔刹"，为佛塔的顶部最高部分，即相轮，形

式多样，冠表全塔。塔的原意为土田，代表佛所掌握的一处国土，也称为佛国。刹由刹竿、相轮、圆光、仰月、宝盖、宝瓶、宝珠等象征物组成。寺前幡杆也称刹，故佛寺称为"寺刹""梵刹"。

法王古刹意为佛国圣地。

玉宇天香

【位置】

仪门背面

【注释】

玉宇：道家传说中天帝或神仙居住的地方。《云笈七签》："金房在明霞之上，九户在琼阙之内，此皆太微之所馆，天帝之玉宇也。"这里借指雄伟华丽的佛殿。

天香：祭神、礼佛的香。唐皮日休《送令狐补阙归朝》诗："朝衣正在天香里，谏草应焚禁漏中。"《梦粱录·元旦大朝会》："元旦

侵晨，禁中景阳钟罢，主上精虔炷天香，为苍生祈百谷于上穹。"

天国净土

【款识】

成化丁亥应钟吉旦　进道能禅师书

【位置】

山门前

【注释】

天国：即天堂，佛教所称的极乐世界，神灵居住的地方。

净土：清静的国土，佛教称无五浊垢染为最理想的清净极乐世界。五浊，指劫浊、见浊、烦恼浊、众生浊、命浊。

天国净土指清净的国土，最理想的极乐世界，神灵居住的地方。

佛法西来

【款识】

　　成化三年吉月　本寺主持空庵厚大师书

【位置】

　　山门内

【注释】

　　佛法：佛教教义。《晋书·武帝纪》："帝初奉佛法，立精舍于殿内。"唐韩愈《送灵师》诗："佛法入中国，尔来六百年。"又指佛所具有的法力。《初刻拍案惊奇》卷七："果然武妃见说，暗道佛法广大。"

　　西来：西指西方、西天、天竺国（古印度）。东汉明帝时，佛教从天竺传来中国，为外来宗教。又指达摩西来。南朝宋、齐间，古印度僧人达摩入华，初在南方各地弘法。后入少林寺，面壁静修，终日静中思虑，专心参究达九年之久。他身体力行，将禅学传入中国，被奉为中国禅宗初祖。此后禅宗不断发展，唐以后成为中国流传最广泛的佛教宗派。

山林野趣

【款识】

　　大明崇祯年太原傅青主题

　　大清道光二十七年夏五月合里重修

【位置】

　　天王殿前

【注释】

作者：傅青主即傅山（1607—1684），明清之际思想家。初名鼎臣，字青竹，后改字青主，别字公它。山西阳曲人。明亡后，号朱衣道人，又有真山、浊翁、石道人等别名。博通经史诸子和佛道之学，兼工诗文、书画、金石，又精医学。著有《霜红龛集》《荀子评注》等。

山林：亦称丛林、僧林，指僧侣聚合居住之处，也即较大的寺院。林，指藏传佛教寺院或僧众学习经典，佛事之学校。寺院之外门称山门。《宋史》载："法驾临山门，黄云覆辇道。"山门也用以指代寺院整体。《高僧传》曰："晚移石城山，又立栖光寺，宴坐山门，游心禅苑。"

野趣：山野的情趣，亦指寺庙古朴庄严的意趣。古有"天下名山僧居多"之谚语。

十地起云

【款识】

正德十六年秋月　云峰寺可宪书

【位置】

天王殿后门

【注释】

十地：佛教术语，亦称"十住"，指菩萨在修行过程中必须经过的一个个阶位。经过十地修习，菩萨才能不受

烦恼的困惑与扰乱，具备成佛的可能。菩萨十地指喜欢地、离垢地、发光地、焰慧地、难胜地、现前地、远行地、不动地、善慧地、法云地。

起云：本指云的产生和升起。因云产生于深山大谷，故常用来喻指隐逸者趁时而出。南朝"山中宰相"陶弘景倡导"三教合一"，明佛性。梁文帝《隐居先生陶弘景碑》："飞流界道，似天汉之横波，触石起云，若奇峰之出岫"。

万德巍巍

【款识】

时大明崇祯四年岁次辛未吉旦

中议大夫资治尹太常寺少卿前兵刑科右给事中侍经筵定阳董承业谨献

【位置】

大雄雷音宝殿明间前檐

【注释】

作者：董承业，字绍休，明山西介休人，万历癸丑进士，著有《礼记集钞》。

万德：万通卐，
卐原是相不是字，
如来身上吉祥之纹
饰，为功德庄严万
字相，名为无比。
《名义集六·华严音
义》云："武后长寿二年（693），权制此文（指卐）著于天枢，音之为万，谓吉祥万德所集也。"《菩提流支泽之十·地经论十二》曰："于功德庄严金刚万字胸出一大光明……论曰：于菩萨胸中有功德庄严万字相，名为无比。"万德当出于此，是对佛祖的颂词。

巍巍：高大无比。

义炳乾坤

【位置】

关帝庙崇宁殿

【注释】

本匾为康熙四十二年（1703）御笔。

义：正义。炳：光明显赫。乾坤：乾为阳为天，坤为阴为地，指天地四方。

义炳乾坤，此处指关公正气光明显赫，照耀着华夏大地。

（以上由仇晓风注释）

资寿寺

【款识】

岁次辛丑仲春沐手敬书之 郭新民

【位置】

资寿寺山门

【注释】

资：供给、赐予也。有碑记表明，该寺创建于唐咸通十一年（870），原意为"祝帝道以遐昌，资群生于寿域"，希望神灵呵护，国泰民安，风雨依时，水旱无虞，企求老百姓能够康阜、仁寿。

结义亭

【位置】

关帝庙桃园

【注释】

结义是非亲属关系的人因感情深厚或有共同目的而相约为兄弟姐妹，认干亲。如刘备、关羽和张飞是披肝沥胆、同心同德的结义兄弟。

万世人极

【位置】

关帝庙崇宁殿西次间

【注释】

本匾为咸丰五年（1855）御笔。

万：数目，形容极多。世：世代。万世：很多世代，指年代非常久远。极：准则。《尚书·洪范》："惟皇作极。"

万世人极意为关羽做人的准则是千秋万代人们学习的榜样。

威震华夏

【位置】

关帝庙崇宁殿东次间

【注释】

威：表现出来的能压服人的力量或使人敬畏的态度。《荀子·强

368

国》："威动海内。"
《国策·齐策一》：
"吾三战而三胜，声
威天下。"震：震动。
华夏：是中国的古
称。

威震华夏指关羽的威名享誉中华大地。

大雄雷音宝殿

【款识】

弘治甲子菊月重阳日

【位置】

大雄雷音宝殿门楣

【注释】

大雄：释迦牟尼的尊号，意为佛有大智力能伏四魔，因称之为大雄。雷音：如来佛五种声音之一。《维摩经》："演法无畏，犹狮子吼，其所讲说，乃如雷震。"意为佛法佛力无限，能够降服群魔，其讲说佛法如狮子吼，如雷声震天。

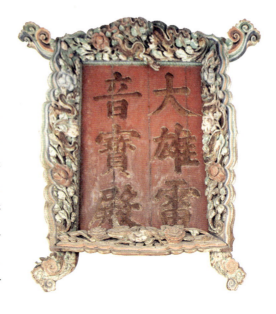

（以上由郑建华注释）

369

后　记

　　《王家大院楹联匾额集》一书第四次修订本，终于编辑完成了。此时，我们内心有着不可名状的轻松愉快。

　　本书篇目的编排，按楹联、匾额分为两编十四章，为使读者对王家大院景区有更深层次的了解，我们根据掌握的相关资料，对大院的每副（帧）联匾进行了注释，对部分作者进行了介绍。

　　此次修订，旨在让广大读者徜徉于王家大院景区各具特色、独具性情的楹联匾额文字中，以增加对底蕴厚重的王家大院、静升文庙和资寿寺三处人文胜迹的认识和了解。

　　在本书的编辑过程中，灵石县文化和旅游开发服务中心（灵石县王家大院景区事务中心）资深顾问温述光、仇晓风两位老师做了大量辛勤的研究工作，顾问张佰仟、杨迎光、王铁喜，文化研究室副主任王海琴、张建林和文创产品开发股吴秀敏和蔺俊鹏也做了许多基础工作。

　　本书由年届九旬的散文家、书法家、晋中文联原副主席、王家大院顾问温述光（温暖）先生题签书名，更使本书生辉，在此一并致谢。

　　由于本书涉及文学、美学、哲学、宗教、书法、绘画等诸多领域，读者自有独到之解，这里所奉献的，不过管窥一得，纰缪浅陋在所难免，敬请方家斧正。

郑建华

二〇二三年中国旅游日

　　*作者系灵石县文化和旅游开发服务中心文化研究室主任、文博副研究馆员、中共灵石县委联系服务专家。

图书在版编目（CIP）数据

王家大院楹联匾额集 / 秦彩焰主编 . —太原：三晋出版社，2023.7
ISBN 978-7-5457-2765-4

Ⅰ. ①王… Ⅱ. ①秦… Ⅲ. ①对联—作品集—中国②牌匾—汇编—中国 Ⅳ. ① I269 ② K875.4

中国国家版本馆 CIP 数据核字（2023）第 142974 号

王家大院楹联匾额集

主　　编：秦彩焰
责任编辑：解　瑞
责任印制：李佳音
装帧设计：卓尔文化·赵长发

出 版 者：山西出版传媒集团·三晋出版社
地　　址：太原市建设南路 21 号
电　　话：0351-4956036（总编室）
　　　　　0351-4922203（印制部）
网　　址：http://www.sjcbs.cn

经 销 者：新华书店
承 印 者：山西万佳印业有限公司

开　　本：720mm×1020mm　1/16
印　　张：23.75
字　　数：360 千字
版　　次：2023 年 7 月　第 1 版
印　　次：2023 年 7 月　第 1 次印刷
书　　号：ISBN 978-7-5457-2765-4
定　　价：98.00 元

如有印装质量问题，请与本社发行部联系　电话：0351-4922268